U0036300

魔豆

魔豆

夜之賢者
Sage of Night 01
香草——著

夜之賢者

人物介紹

伊凡
八歲。
賽婭的兄長，是名刺客，
任何人事物都冷漠以對。
只在乎妹妹賽婭。
賽婭
六歲。
伊凡的妹妹。魔法天賦高，
性格老實溫和。偶然被沈夜
所救並收為侍女。

沈夜
十六歲。
聰慧溫潤的小說家，意外穿越到異世界。看似無害，關鍵時刻卻十分可靠。
阿爾文
七歲。
艾爾頓帝國老皇帝的養子。個性內斂早熟，對陌生人警戒心重。
路卡
五歲。
艾爾頓帝國皇儲。個性溫和善良，心腸軟。

夜之賢者

Sage of Night 01

目錄

※楔子

每個初見沈夜的人，都會覺得他是個長相漂亮、文質彬彬的清秀少年。那溫文有禮的氣質讓人感到舒服，一看便令人心生好感。待得知他除了是名學生之外，還有作家這個身分時，都說這種充滿文藝氣息的工作非常適合他。

無論是清秀的容貌還是一身的書卷味，沈夜都給人一種溫和無害的感覺。就連他自己也不得不慨嘆，擺出無辜的表情時，還眞的很具有欺騙性。

也許對於同齡人來說，十六歲便能成爲作家是非常了不起的事情。但沈夜卻不認爲自己與其他人有什麼差別——除了他是個無父無母的孤兒。

至於成爲作家，除了對寫作的熱愛外，還有他也需要以此來賺取生活費。

父母在他十四歲時雙雙車禍過世，當時沒有親戚願意收留他。但沈夜並不想進入政府的福利機構，便說服舅父當他名義上的監護人，並藉著父母留下來的遺產，以及小說稿費作爲生活費，金錢上不依靠同住的舅父一家人。

雖然舅父一家與他不親，可是也沒有苛待他。因此這些年來沈夜對於他們還是相當感激，只是實在無法對這些沒把他當作家人的親戚產生任何親近之心。

小說稿費加上政府的補助，讓沈夜年紀輕輕便能自力更生。幾年後，他甚至能夠搬出舅父家，獨力租住一間小套房，過著自己養活自己的生活。

然而此刻，沈夜居住的這間套房卻燃燒著熊熊烈火。少年的黑髮被火光染成一片金紅，深邃的黑色眼眸因濃煙泛起陣陣水光。秀氣臉龐上滿布灰燼，要說有多狼狽便有多狼狽。

如果時間可以倒轉，沈夜發誓他一定不會再貪圖方便，會改掉在睡前不關電腦的壞習慣。

又或者，他絕對不會把電腦放在房門邊，以致在睡夢中被濃煙嗆醒時，悲痛地發現自己無處可逃，只能瞪著阻擋在出口的烈火乾著急。

「可惡！別人的電腦長開著數年不關機都沒事，怎麼我只是有樣學樣開了半年多就出事了？」沈夜眼看房門前的火焰實在繞不過去，他又住在三十樓層高的位置，無法從窗戶逃生，此刻都急得要罵娘了！

現在他只有兩個選擇。其一，放棄掙扎並且吸入濃煙，在被悶死與ＢＢＱ之間選擇……先被濃煙悶死似乎是比較舒服的死法。

其二，冒著烈焰焚身的危險，嘗試從被火舌阻擋的出口衝出去！雖然理智上明白只有第二個選項才能有一線生機，但眞正面對烈焰時，卻總是提不起勇氣。

此時沈夜才明白，爲什麼在火災現場總會出現一些消防員營救不及的人從高層跳下，寧可摔死也不願受烈火焚身之苦。

高溫炙熱下，沈夜早已渾身灰燼與汗水。刺眼的火光讓少年忍不住伸手遮住雙眼，並且生起萬念俱灰的絕望感。

他很清楚即使自己眞的不畏烈焰往火裡衝，生還的機會依舊微乎其微。即使能保住性命，他還要面對往後的生活。重度燒傷的後遺症可不是開玩笑！

他實在……沒有闖入大火的勇氣。

難道自己就要死在這裡了嗎？

嘩。

沈夜訝異地聽到電腦開機的聲音，移開遮擋視線的雙手，目瞪口呆地看著忽然重新亮起的螢幕。

「怎麼可能？主機都燒成這樣了，主機板應該已被燒燬了才對！」

螢幕正停留在畫面消失前的狀況，那是一個文字檔，內容是沈夜很不喜歡、卻是他親自創作的一個故事。

就在不久前，少年才剛爲這篇小說寫下了結局。

這段期間悲文當道，於是沈夜的編輯要求他順應市場，結果便有了這本小說的出現。

雖然這本書反應熱烈，讓沈夜賺取到不少的版稅，可是對於喜歡寫歡樂故事的沈夜來說，創作過程絕對稱不上愉快。甚至寫下「結局」二字時，他還有種解脫的感覺。

小說的主角擁有著不爲人知的身世，被身邊的人背叛、傷害，同時也爲求復仇與自保，選擇傷害別人。

爲了塑造出悲壯的氣氛，沈夜把一切想像得到的不幸都加諸在這個故事主角身上。然而，在生命快要走到盡頭的時候，沈夜看著這篇剛剛完結的故事，卻突然後悔了。

如果……如果有機會，他必定要改變主角那孤獨而悲慘的命運。人生道路一個人走，太孤單、也太冷了。他會為故事中的主角增添很多同伴，讓他發現世上除了背叛與仇恨，其實還有很多值得珍惜的東西。

也希望，能夠讓這個角色懂得再珍惜自己一點。

到最後，也許與先前那個悲傷的結局相比，以歡樂大團圓作為結局會更為適合吧……

火勢愈燒愈猛烈，充斥在空氣中的濃煙，令沈夜每一下呼吸都變得異常難受。

他知道該做出抉擇了。

少年彷如黑曜石的眸子閃過一絲決然，拔足便往正被火舌吞噬的出口衝去！

沈夜並沒有發現，在他凝望著阻擋在房門前的烈焰時，電腦螢幕再次出現不可思議的變化。螢幕上的文字迅速集中變成一團漆黑；文字形成的黑與文字檔白色的背景混雜在一起，形成了扭曲、混沌的狀態。

就在沈夜衝進烈焰的瞬間，黑與白的光芒猛然爆炸開來！下一秒，沈夜的身影完全消失於火場之中……

Chapter 1
穿越至小説世界

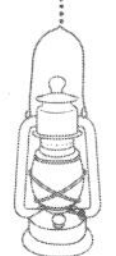

滂沱大雨中，兩名男孩於山谷裡拔足狂奔。大雨雖然阻礙了兩人逃亡的速度，卻也同時沖刷掉他們留下的氣味與痕跡，讓追捕者難以施展追蹤手段。

「嗚！」年紀較小的金髮男孩摔倒在地，頓時水花四濺，另一名棕髮男孩慌忙將孩子扶起。

「路卡，沒事吧？還能走嗎？」見弟弟大半身子沾滿泥水，混合著污泥的鮮血從手腳傷口流下，阿爾文素來清冷的銀灰眸子閃過一陣心疼，不待對方回答，便將男孩揹了起來。

「我……我沒事，哥哥，我還能走。」路卡微弱地說，可是阿爾文卻沉默著未加以理會，完全沒有把孩子放下來的意思。

感受到背上男孩在大雨中冷得渾身顫抖，阿爾文焦慮地尋找可以躲雨的地方。路卡從小體弱多病，要是體溫繼續流失，說不定會有生命危險。雖然身上還帶著一些藥劑，但都是專門用來療傷的藥品，再加上他們正被刺客追殺，就連生病的時間也浪費不起！

兩人運氣不錯，阿爾文很快便找到一個入口被藤類植物覆蓋住的洞穴。這洞穴本就隱密，在大雨中更是讓人完全看不出破綻。要不是阿爾文正好看到一隻受驚的野兔鑽進山洞裡，他還眞看不出洞穴所在。

洞穴內部比想像中寬敞乾爽，率先進去的阿爾文小心翼翼地視察著四周環境，確定裡頭沒有野獸毒蛇藏身後，才讓路卡進入。

找到藏身之所後，阿爾文一直緊皺的眉頭才放鬆了些。至少在大雨停止前，他們能夠在這兒好好休息並且整理思緒。

阿爾文讓路卡喝了一瓶療傷藥劑，並從空間戒指中取出乾淨衣服讓他換上，看到弟弟冷得發白的小臉蛋終於再度變得紅潤，阿爾文才安心換下身上濕透的衣物。

爲避免洩露行蹤，阿爾文沒有生火取暖。還好時值初夏，兩人換上乾爽的衣服後倒不覺得寒冷。

看著將頭枕在自己肩膀、抵受不住倦意而沉沉睡去的路卡，阿爾文肅穆的臉上露出了一絲憐惜之情。身爲艾爾頓帝國的皇儲，路卡自小便受到萬千寵愛，從未受過半分委屈。想不到這次外出竟會遭到刺客突襲，就連路卡的親舅舅比爾公爵也遇害了。若不是護衛們拚死爲他們殺出一條血路，並且死命擋住刺客的腳步，再加上適逢一場傾盆大雨作掩護，只怕他們早已成爲冰冷的屍體。

雖然現在暫時擺脫了尾隨的刺客，可是一想到敵人窮追不捨、不把他們殺死誓不罷休的狠勁，阿爾文便失去能夠安全回家的信心，畢竟雙方實力實在太過懸殊。

雖然他只是皇帝撿回來的養子，與路卡並沒有血緣關係，但阿爾文眞的將路卡視作親弟弟般疼愛。

看著弟弟純潔如天使般的睡臉，阿爾文暗自下定決心，即使犧牲自己，也要護路卡周全。不然即便自己能保住性命回到皇城，也沒顏面面對恩重如山的養父。

就在阿爾文也開始抵抗不住疲累而昏昏欲睡之際，一道奇特的光芒忽然在洞穴深處閃現。燦爛的銀白光芒中混著黑色陰影，以致本來應該刺目的白光變得微弱。

光芒來得快也消散得快，兩人被驚醒的瞬間光芒便消失了，地面上卻不知何時躺臥著一個受傷的少年。

「哥哥，他剛剛在發光耶！難道這個人就是書上提及的天使嗎？」相較於如臨大敵的阿爾文，年紀較小的路卡倒是雀躍得很。

「……會有這麼狼狽的天使嗎？」

躺臥在地的少年有著一頭黑色短髮，身上的衣服款式很奇怪，完全看不出是哪個國家的服飾。

少年全身有著大大小小、慘不忍睹的燒傷，頭髮也有點燒焦痕跡。滿身的漆黑灰塵及衣服上的焦黑，看起來簡直像剛經歷了一場火災。

奇怪！真是太奇怪了！要不是這突如其來的黑髮少年奄奄一息、只剩一口氣，對二人沒有威脅，早已是驚弓之鳥的阿爾文說不定會立即捨棄這臨時的安身之所，帶著路卡再次逃命了。

聽到少年無意識地發出痛苦呻吟，路卡忍不住說道：「皇兄，我們還有些治療藥劑……」

「想都別想！剩下的藥劑已經不多了。別忘記我們可是在逃亡中，這些藥劑在關鍵時刻是用來救命的！」

「可是……」

「沒有可是！我們與他非親非故，你就當作這個人從未出現好了，快點睡覺！」阿爾文有些同情地看看躺在地上的少年，要是平日，他不介意出手幫助這個萍水相逢的陌生人，但現在這種非常時期，每一瓶藥劑都彌足珍貴，他也只能硬起心腸，袖手旁觀了。

就在阿爾文閉目休息時，路卡稚嫩的嗓音再度響起：「皇兄，我不喜歡這樣。我會小心一點不再受傷，我們救這位大哥哥好不好？」

阿爾文睜開雙目，對上路卡那雙清澈得猶如清泉般的湖水綠眸。路卡這雙遺傳自皇帝的瞳色，讓阿爾文不由得想起父皇溫和如水的眼眸。

與年紀較長、已經開始參與宴會等社交場合的阿爾文不同，從未接觸過社會黑暗面的路卡像張白紙般純潔。這次逃亡中，這孩子總是乖巧又堅強地努力跟隨著兄長的步伐，卻也目睹著一條條生命在眼前殞落。

路卡熟悉的侍女等人被殺害時，他也只能無助地哭泣。可是現在，路卡覺得他們的藏身處夠安全、可以幫忙了，便無法眼睜睜任由眼前的傷者死去。

聽到弟弟快要哭出聲的語調，阿爾文不禁懊惱反省自己是否做得太殘忍了。

阿爾文雖然比同年齡的人穩重成熟，但終究只是個七歲的孩子，還無法完全硬起心腸。

嘆了口氣，阿爾文脫下手上的空間戒指，放在路卡掌心：「雖然父皇交給我代爲保管，可是這枚戒指及收藏在裡面的東西，都是屬於身爲皇儲的你。路卡，就由你來決定救或不救吧！」

聽到兄長的話，心地善良的小皇子毫不猶疑地堅決表態：「我想要救這個大哥哥！」

彷彿早已猜到對方的答覆，阿爾文對於路卡的回答沒有表現出任何驚訝。嘆口氣後，便依言從戒指裡取出一瓶藥劑，並將其餵進少年嘴裡。

由於少年傷勢很重，因此阿爾文挑選了最珍貴的藥劑。只要傷患還剩下一口氣，喝了之後便能治療所有傷痛，擁有它如同多出一條性命。

現在這珍貴的藥劑卻要用在一個陌生人身上，阿爾文說不心疼絕對是騙人的。況且他還不知道這個人心性如何，受了重傷又突然出現在荒郊野外，對方的身分絕不簡單，萬一是個萬惡之徒便糟糕了。

若不是阿爾文早已看出對方沒有修煉過鬥氣，身上也沒有魔力流動，只是名手無搏雞之力的普通人，即使路卡再怎麼懇求，男孩也不會冒險救他性命。

對阿爾文與路卡來說，他們這次的善心只是救了一個陌生人的性命。但他們卻不知道，此刻認為微不足道的小事，卻已改變他們兩人、甚至整個帝國的命運。

當然，這些都是後話了。此刻，小小的阿爾文讓這名黑髮少年喝下藥劑後，便把路卡護在身後，拔出用來防身的短劍，小心翼翼警戒著對方的一舉一動，靜候少年甦醒過來。

□

沈夜只覺得全身上下都發痛，雖然他一直有著模糊的意識，卻無力張開沉重的眼皮，只能在痛苦中發出陣陣虛弱的呻吟。

耳畔似乎傳來一些對話聲，但身上的劇痛讓他無力集中精神理解對話的內容。

忽然，一道清涼的液體從嘴巴流入咽喉裡。這味道有些怪異的液體，令少年昏沉的腦袋瞬間清醒過來，傷口傳來一陣清涼感，之前讓他痛不欲生的劇痛竟迅速消失無蹤。一股充滿力量的感覺逐漸傳至痠軟無力的四肢，沈夜明顯感受到體力正在快速恢復。

「皇兄，他怎麼還不起來？難道藥劑沒有效果嗎？」劇痛消退後，傳進沈夜耳中的不再是模糊不清的聲音，而是一陣軟軟的孩子嗓音。

英語？

沈夜那開始重新運作的腦袋困惑了。遇上火災的他大難不死，此刻應該正身處醫院吧？可是旁邊卻有個正說著英語的小孩子？難道是同房的病人嗎？

沈夜還記得他當時可是衝進熊熊大火之中，依照這種傷勢，被送往醫院後應該在加護病房接受觀察吧？難道自己身上的傷勢，其實並沒有想像中嚴重？

「怎麼會！那可是最好的藥劑，其功效可以生肌活骨，怎會連小小的燒傷都治不好？」另一個語氣略顯老成的孩子嗓音，同樣用英語回答道。

「什麼叫『小小的燒傷』？聽你說得那麼輕鬆，我可是差點掛掉了啊！」沈夜不滿地嘀咕一句，隨即便睜開緊閉的雙眼。

看到四周景色後，沈夜整個人呆住了。

此刻沈夜身處的地方並不是他所預期的加護病房，甚至也不在醫院的普通病房內。他驚異地打量四周，發現此刻身處一個昏暗的洞穴中。在唯一的光源——一顆飄浮在半空的發光球體旁邊，是兩名穿著北歐貴族樣式、衣裝華麗的外國小孩。

沈夜當場傻眼。

現在是什麼狀況!?

呆掉數秒後，他霍地低頭察看身上的傷勢。

沒有傷痕？雖然厚重冬衣被燒出多個坑洞，可是身上的皮膚卻光潔如初，竟然連道疤痕也沒有！

就在沈夜打量著身上「傷勢」之際，阿爾文的視線被少年的雙手吸引過去。

少年有雙很漂亮的手，灰燼覆蓋下的膚色白皙光亮、手指修長，但這些都不是吸引阿爾文目光的重點。重點是沈夜這雙手實在過於皮光肉滑！

手上不但沒有任何勞動造成的粗糙，也沒有練武留下的繭。這是雙只有出身富貴人家、錦衣玉食的富商貴族才能擁有的手！

而且這名突然出現的少年，容貌也相當特別，臉上的傷痕消退後，少年露出了一張與他們迥異、充滿著異國風情的臉龐。

不單擁有稀有的黑瞳，少年臉上的輪廓也比他們來得柔和溫潤，然而這與眾不同的長相卻不會讓人感到突兀，反倒愈看愈有種說不出來的韻味。

「皇兄！他的眼睛是黑色的！我第一次看到這種顏色的瞳孔！」路卡興奮的呼叫聲，瞬間拉回了二人的思緒。

沈夜撫了撫自己的臉，看著兩名穿著奇怪服飾的外國小孩不禁苦笑起來，心想自己擁有一雙黑眼珠需要那麼驚訝嗎？西方人與東方人的容貌本就不同吧？

「你們是誰？我在什麼地方？」終於，滿肚子疑問的沈夜，道出了聽起來活像是狗血失憶情節中會出現的台詞。同時少年忍不住慶幸自己的英語一向不錯，至少交談起來並沒有太大問題。

阿爾文道：「這裡是魔獸森林，不久前山洞突然傳來一陣奇怪白光，然後你便在洞穴裡平空出現了。我們也不知道是怎麼一回事。」

沈夜的長相不錯，一身溫潤的氣息很容易獲得別人的好感，再搭上一副略帶茫然的表情，便能輕易引起他人同情。就連警戒心特別重的阿爾文，說話的語氣也不知不覺變得溫和起來。

「魔獸森林？」沈夜盯著兩名孩子呆呆發怔。無論是魔獸森林這個經常在各種遊戲或小說中出現的名字，還是眼前兩個陌生孩子那活像cosplay的服裝，甚至是容貌，都給沈夜一種奇異的熟悉感。

良久，沈夜手指向兩人，幾乎尖叫般地高呼：「阿爾文與路卡!?」

阿爾文銀灰色的雙眸立即凝聚冰冷刺骨的殺意與警戒，並迅速將路卡護在身後：「你是什麼人？怎會知道我們的名字？」

隨即，在兩名孩子驚疑不定的注視下，沈夜瞬間神色大變，胡亂抓了抓滿頭黑髮，發出陣陣意義不明的叫喊聲。

經過好一會兒，似乎是發洩夠了，沈夜一臉失落地抱膝蹲在地上，逕自懊惱地喃喃自語：「他還眞的對那個名字有反應……難道他們眞的是阿爾文與路卡？我竟然穿越到自己寫的小說裡！可是我寫的小說不算少，爲什麼偏偏好死不死要穿越到一本悲劇收場的啊……難道這是報應嗎？果然是老天報應吧!?」

沈夜眞是後悔得腸子都青了。千金難買早知道啊！如果知道自己某天會穿越到此，他一定不會理會編輯的提議，也不會理會什麼見鬼的市場需求，絕對會把故事寫得有多美滿便有多美滿！

雖然一開始被對方的失常嚇到，然而過了好一會兒，都不見對方理會他們，只逕自沉浸在自己的思緒後，路卡鼓起勇氣，從阿爾文身後探出頭來，滿臉困惑地詢問：「皇兄，他怎麼了？難道大哥哥還有什麼地方在痛嗎？我們沒有治好他？」

「不可能，那可是高級的治療藥劑，不要說傷勢了，就連疤痕也不會留下。」阿爾文搖搖頭，也被對方的舉動弄得有些困惑。

雖然一時之間依然無法接受穿越的事實，幸好沈夜性格樂觀、適應力也還算不錯，自怨自艾地發洩好一陣子後，總算逐漸恢復冷靜。

冷靜下來後，沈夜重新打量四周環境，少年對於那本才剛完結、嘔心瀝血寫出來的悲劇小說記憶猶新。比照著眼前景物與腦海裡的小說情節，沈夜很快便弄清楚目前的處境與狀況。

小說中，身爲皇帝養子的阿爾文是故事主角，年幼的他與身爲皇儲的弟弟路卡在一次外出時遇上刺客伏擊。要是事情隨著沈夜記憶中的情節繼續下去，小皇子路卡將會被殺害，痛失弟弟的阿爾文在千辛萬苦逃回皇城後，所面對的卻是眾人的指責與猜疑。

所有出行的人無一倖免全數遇害，爲何偏偏只有阿爾文能僥倖逃脫？何況阿爾文是受正式冊封的皇子，雖然沒有皇室血統，但若路卡不幸死亡，阿爾文便是正式的皇位承繼人。

路卡的死就像壓垮駱駝的最後一根稻草，身體本已不好的皇帝不久便病逝了。匆匆上位的阿爾文年紀還小，加上沒有皇室血統，更顯得他名不正言不順，隨之而來的是貴族的種種質疑與責難，令這名年輕即位的小皇帝嚐盡人情冷暖，更在眾多逼害下變得草木皆兵，再也不復當初的單純和善，甚至不再相信別人。

但男孩經歷的這些遭遇，卻非命運唯一的必然路線，因爲出現沈夜這個變數。身爲小說的作者，沈夜幾乎可以說是創造這個世界的「神」！

雖然他只是個普通人，沒有任何特別技能，既不懂武藝也不懂魔法，然而單憑他對命運走向的先知先覺，以及現代人的智慧，沈夜有著爲阿爾文與路卡逆天改命的絕對優勢。

聽到兩名孩子提及治療藥劑，沈夜心情複雜地詢問：「是你們救了我嗎？」

看到沈夜在一番怪異舉動後終於願意理會他們，路卡高興地笑道：「大哥哥，你沒事了嗎？」

阿爾文則是聞言後一臉「這還用問？」的神情，回以少年一個大大的白眼。

感受到小皇儲的關心，沈夜心底一酸，深深的罪惡感如排山倒海般從心底洶湧而出。

他曾經「殺」了這個孩子……

如果他不管不顧，這個善良的孩子會如同小說內容所發展的，被刺客追上，然後慘死在亂箭之下吧？

剛得知自己穿越時，沈夜想到的只有明哲保身。他完全不想牽扯進這個動輒危及生命的政治漩渦裡，可是現在，卻又不忍心任由殘酷的命運加諸在眼前兩名小孩子身上。

想到在穿越以前，自己曾有過對這小說結局的感慨與懊惱，以及「如有機會，他必定要改變主角那孤獨而悲慘的命運」的想法與決心，沈夜動搖的眼神終於變得堅定下來。

就當作是報答他們的救命之恩吧！沈夜如此說服自己。

既然決定幫忙，就要好好地幹！雖然沈夜有自信在他的帶領下，讓小傢伙們安然回到皇城，但前提是他必須獲得對方的信任，尤其是阿爾文。

於是少年的「搏得好感大作戰」開始了！

「你們好，我名叫『沈夜』，來自東方一個遙遠的國家。非常感謝兩位的救命之恩。」沈夜向兩人行了一禮。

這個行禮的動作，其實是沈夜對這個世界的一番試探。如果這裡真是他所創造的小說世界，便會自行把小說裡沒有提及到的部分進行補充，而這裡的一切也反映了現實世界的特質。其中一個例子便是小說裡的通用語，就是地球上的國際語言——英語。

果然，沈夜那依照記憶、從電視裡硬搬出來的禮節，在阿爾文與路卡的眼裡卻是姿勢從容漂亮得無懈可擊，更完美證實了阿爾文先前的猜測，沈夜的出身絕對非富即貴，是個沒受過苦、還接受過良好教育的富家子弟。

這個認知，讓阿爾文不敢放鬆警戒：「東方的國家……是歐內特斯帝國嗎？即使如此，我們素未謀面，你怎會知道我們兩人的名字？」

「我並非來自歐內特斯帝國，我的家鄉是個名叫『中國』的國度。家裡富可敵國，家人花了大筆錢讓國內的先知占了一支卦象，卦象顯示我將遇上危及性命的磨難，只要來到艾爾頓帝國，便能夠遇上貴人並且保住性命。至於你們的名字，也是那位先知告訴我的。」沈夜眼也不眨，連串謊言脫口而出。

「中國？怎麼我完全沒有聽過這個地方？」

「那是一個必須穿越死亡海域才能到達的國度，你們不知道不足爲奇。」

「咦！你穿越過死亡海域嗎？眞的假的？那麼先知是……」

「先知就像貴國的『預言家』，而且力量比預言家還要強大，在我國深受國民敬仰，地位十分受到尊崇。」

「那麼厲害！那、你出現時的白光是……」

「那是家父爲我購來的魔法卷軸，在危急關頭時會自行啓動，將我傳送至你們身邊。」捏造出先知後，沈夜再次無恥地把事情推給一個子虛烏有的父親身上。

「那爲什麼大哥哥不用卷軸把自己傳送到有治療藥劑的地方？」這次問話的人

變成路卡。

阿爾文也道：「能夠穿越死亡海域的卷軸我聽都沒聽過，製造出這種卷軸的人，我已經想像不到是何等強大的魔法師了。」

沈夜愣了愣，心想這兩個孩子果真聰明。幸好他們年紀還小，若遇上的是成年後的他們，沈夜也沒有自信能成功糊弄兩人。

可是現在嘛，兩個孩子還小，修行完全未到家，對於本職是作家、素來以天馬行空想像力自傲的沈夜來說，還是不夠看。

只見沈夜面對著謊言被揭穿的危機，依然臉不紅、氣不喘地回道：「既然命中的貴人是你們，我的性命自然需要你們來拯救，不然事情很有可能出差錯，甚至變得更糟。那魔法卷軸是家父在一座遠古遺跡中湊巧所得，而且只有一卷，使用了它，我就再也無法回家……」

想到不知道還有沒有返回地球的機會，根本完全不用假裝，沈夜的情緒立即低落下來。

沈夜那悽慘的出場方式，本就讓只有五歲的小路卡印象深刻，不知不覺留下了

「這個大哥哥好可憐」的印象。

至於阿爾文，雖然一開始並沒有放下對沈夜的警戒，然而他再老成持重也只比路卡年長兩歲，很快地也被沈夜誤導、說服。

一番自我介紹後，沈夜頓時化身爲一個來自死亡海域另一端、遙遠東方國度的貴族。在兩名孩子眼中，這個無家可歸的貴族少年的遭遇，實在令人深感遺憾與同情。

「如果可以，我能跟著你們嗎？作爲回報，我有辦法幫助你們度過這次難關。但前提是，我需要獲得你們眞誠的信任。」說罷，沈夜便向阿爾文伸出手。

男孩的雙目立即顯露出強烈的掙扎。

沈夜說有辦法幫助他們度過難關，難道是那名先知把未來發展告訴他，讓他有所安排嗎？

阿爾文很清楚單憑自己的保護，想讓路卡平安回到皇城無疑是癡人說夢。無論沈夜是否眞的有所準備，能夠多一個幫手總是有益。何況這個少年已經無家可歸，他所能依靠的也只有自己兩人。

可是信任並不是那麼容易就能給予的東西，尤其對阿爾文這種皇室成員而言，那是必須非常慎重權衡才能做出的承諾。畢竟同伴在背後捅刀子，殺傷力可比敵人明刀明槍來得可怕多了。

面對猶豫不決的孩子，沈夜既沒有催促，也未出言試圖影響阿爾文的決定，只是靜靜站在一旁，耐心等候著對方的答覆。

終於，阿爾文咬牙做出了即便在很久以後的時光裡，也一直認爲這是他人生中所做的最正確決定——男孩伸出手，與沈夜一握：「我相信你！」

Chapter 2
睡前小故事

阿爾文是個很有決斷力的人，這個特質在他小時候便已展現出來。

男孩決定與沈夜合作後，在沈夜的要求下，把存放他們所有家當的空間戒指交給少年察看，乾脆俐落得沒有絲毫猶豫。

身爲故事的作者，沈夜雖然知道使用空間戒指的方法，但實際接觸魔法道具卻還是人生頭一遭，不免有點小雀躍。

檢視了下戒指內的空間，裡面存放著不少物品，雖然數量多得讓人眼花撩亂，卻排放得相當整齊，可見阿爾文這個個性嚴謹得近乎一板一眼的孩子，常常整理戒指內部。

戒指中，華貴衣物、美食與閃亮的金幣佔了三分之二的空間，珍貴的魔法卷軸、藥劑，以及煉物道具，則佔了剩餘的三分之一。

此外，沈夜還惋惜地發現，戒指裡並未存放成年人的衣服。也就是說，直至抵達城鎮以前，自己只能繼續穿著身上那件滿是坑洞的乞丐服到處走。

這還不是重點，在穿越前，沈夜世界所處的季節是寒冬，這裡卻是溫暖的初夏，即使已經燒得有些破爛，這件棉衣穿起來依舊很熱！

「匕首借我。」

在兩名孩子驚異的注視下，沈夜用匕首將衣袖及膝蓋以下的褲管全都割除。

此刻，沈夜一身滿是坑洞、親手改造的衣服的確變得清涼了，卻愈看愈像某種職業——乞丐。

□

待雨勢稍微轉弱，沈夜便帶著兩名孩子離開藏身的洞穴，領著他們一直往西北方向走。

「真的要往回走嗎？昨晚我們就是從那個方向過來的。好不容易逃過刺客的追擊，現在折返回去不是送上敵人眼前嗎？」牽著因睡眠不足而昏昏欲睡的弟弟，阿爾文憂心忡忡地東張西望。

沈夜一邊興致勃勃把玩著手中那顆像指南針般能準確指出方向的明珠，一邊漫不經心地回答：「你知道什麼是『燈下黑』嗎？」

見孩子一臉茫然，沈夜笑著解釋：「燃點油燈照明時，油燈自身會遮擋住火光，從而在油燈下方產生出一塊陰暗的區域。這個位置明明離光源很近，但燈火卻偏偏照射不到它，這就叫『燈下黑』。」

聽到沈夜的話，阿爾文心頭一動，覺得自己彷彿了解到些什麼，卻又偏偏抓不住重點。

沈夜對此並未展現絲毫不耐，諄諄善誘地引導孩子思考：「刺客把目標追丟了，如果你是他們會怎麼做？」

「嗯……分散人手搜索吧？」沈夜這個問題對一般孩子來說也許是個難題，但對於聰慧過人、從小接受各種菁英教育的阿爾文來說，卻是小菜一碟。

沈夜一雙深邃如夜的眸子，閃現出絲絲笑意：「你會特意返回先前追捕目標所處位置尋找，又或者派人留守在後方嗎？」

「應該不會吧？被追殺的人只會拚命逃離，哪還有膽量往回跑？……我明白了！原來這就是你所說的『燈下黑』嗎？果然是很貼切的比喻。」說著說著，阿爾文終於明白沈夜想要表達的意思。

其實這是很簡單的道理，可是在性命受到威脅的狀況下，沒有慌不擇路地逃跑已經很了不起，誰還有膽量折返原路呢？

阿爾文仔細想著沈夜的話，不期然抬頭看向身旁的少年，卻見沈夜正垂首看著自己。接觸到阿爾文的目光，沈夜伸手拍了拍孩子的頭。

阿爾文瞪大雙目。

自己竟然被人教育了？來自一個既不懂魔法、又不懂武藝，不怎麼值得放在眼中的少年!?

還被人當作小孩子般拍頭！

沈夜偷偷瞄了阿爾文的耳朵一眼，看到孩子的小臉上依舊保持著肅穆的神情，然而耳朵卻紅了起來，不禁暗暗好笑。

心想這樣子的阿爾文眞是可愛到爆之餘，也不由得慶幸當初人物設定時，因爲覺得有趣才替阿爾文這個臉癱小孩加了這麼一個特點。不然他也無法在這張面無表情的臉上，看出這個孩子的想法與羞澀。

假裝看不出阿爾文的困窘，沈夜從空間戒指中取出地圖，伸手指出一條路線：

「經過一夜追擊，那些刺客應該已經越過我們用來藏身的山洞，追趕到了前方；現在我們折返回去，應該可以暫時避過他們的追捕。當然這只是我的猜測，也不排除他們在先前襲擊你們的地點留有人手待命的可能性。」

阿爾文與路卡對望了一眼，看到弟弟茫然的童稚眼神，阿爾文嘆著氣，揉揉弟弟的頭髮，隨即一臉覺悟地說道：「我明白了，就依照你的安排吧！」

相較於阿爾文視死如歸的嚴肅神情，沈夜卻是輕鬆多了。畢竟他早已知道刺客追捕兩名皇子的路線，因此對他們的安全問題，完全沒有任何心理負擔。

三人走了大半天，結果連個活人也沒遇上，這間接印證沈夜的猜測。無論是阿爾文繃緊著的神情，以及路卡的一臉不安，都逐漸變得放鬆下來。甚至在沈夜特意逗樂他們時，開始展露笑顏。

看著眼前兩張純真的笑臉，沈夜也忍不住微笑起來。

沈夜很喜歡小孩子，也許身為悲慘故事罪魁禍首的他沒有說話的資格，可是既然遇上了，他便無法對阿爾文兩人未來的遭遇視若無睹。

有時候沈夜甚至會想，也許這次的穿越是命運的安排，是上天特意派遣他來拯救這兩個可愛的皇子吧？

偶爾，他也會想念在地球的生活。但感受到兩個孩子仰賴著自己的目光時，沈夜覺得相較於冰冷、只有獨自一人生活的地球，在這裡的生活似乎也不是這麼難以接受。

「大哥哥？」

路卡的嗓音打斷了沈夜的思緒，少年揚起燦爛的笑容，牽起孩子的手，道：「抱歉，剛剛恍神了。我們先到河邊補充一些飲水，路卡要幫忙嗎？」

路卡年紀還小，立即便被沈夜轉移了注意力：「我要幫忙！」

看著摸摸路卡的小腦袋、邊笑邊稱讚了聲「好孩子」的沈夜，阿爾文滿腦子卻是剛剛少年沉思時露出的神情——後悔又難過，卻又帶著贖罪般的堅定。

阿爾文皺起了眉，卻沒有多說什麼。

補充飲水後，三人便離開這條清澈的小河。走出森林的路程說短不短、說長不長，根據地圖顯示，如果一切順利的話，大約再一個星期便能抵達一座位處森林邊緣的小鎮。

所幸由於路卡這孩子容易嘴饞，因此空間戒指裡存放著大量小點心，不用擔心捱餓。再加上知曉刺客追殺兩名小皇子的路線，沈夜並未過於防備這些明處上的敵人，倒是生活在森林裡的魔獸，以及在這裡執行任務的傭兵與冒險者，更令沈夜戒備。

沈夜只是個小說作者，這職業在古代，是個肩不能挑、手不能提的文弱書生。阿爾文雖然學了幾年宮廷劍術，但終究年幼體弱。至於路卡……沈夜壓根就沒有指望過這個孩子。

三人稱得上自保的手段，就只有存放在空間戒指裡的魔法卷軸，以及阿爾文那半生不熟的劍法。

也許還可以算上一些兩個孩子因惡趣味而收集的古怪藥劑……這便是他們此刻所擁有的力量。

人跡罕至的森林，是傭兵與冒險者們肆無忌憚進行黑吃黑的理想地點，與那些身經百戰的人相比，他們三人的實力實在很弱。再加上他們的所有家當都儲放在空間戒指中，萬一這枚戒指被人認出，怎麼想都很不妙啊！

然而相較於傭兵與冒險者，沈夜更加擔憂魔獸。這座森林是魔獸的溫床，棲息著不少強大的魔獸，因此被稱為「魔獸森林」。由於人類偶爾會進入這裡大規模搜獵，因此在森林中居住的魔獸，即使不是肉食性的種族，也非常敵視人類。

沈夜打量孩子們片刻，便斬釘截鐵地說出一個字：「脫！」

「咦？」阿爾文與路卡面面相覷，覺得沈夜的要求莫名其妙。

「把身上的衣服脫下來。」見孩子們沒有動作，沈夜很有耐心地重複一遍。

阿爾文突然想到某些貴族對小孩子的變態癖好，立即一把將路卡護在身後，滿臉警戒地盯著沈夜看。

面對阿爾文那簡直像看著變態的眼神，沈夜又氣又好笑。壓制著想要往男孩頭上巴一掌的衝動，他有點不爽地撇了撇嘴，解釋道：「先前只在森林外圍活動是無所謂，但你們該不會打算以現在這副模樣穿過魔獸森林吧？要是維持著這種富貴逼人、一看便知道是頭肥羊的衣著，無論是遇上魔獸，還是面對傭兵或冒險者，你們

絕對是死路一條。乖乖把衣服脫下來吧！我替你們『加工』一下。」

聽完沈夜的解釋，阿爾文猶豫片刻便率先脫下上衣。沈夜接過男孩潔白華美的貴族上衣，立即毫不留情地將衣服上所有裝飾扯掉，隨即把潔白的衣服放在泥土上搓揉了好一會兒，頓時華麗上衣變得滿是泥濘、面貌全非。

即使如此，沈夜仍然覺得不夠。只見少年隨手摘下幾片樹葉，從樹葉中搓揉出一些綠色汁液後，把這些樹葉的汁液塗抹在沾滿泥濘的衣服上。

嗅了嗅衣服傳來的泥土與青草氣味，沈夜總算滿意地點點頭，把改頭換面過後的衣服交還給阿爾文。

輪到路卡時，孩子哀求道：「不喜歡樹汁，可以只塗泥土嗎？」

孩子特有的軟軟嗓音充滿著撒嬌的意味，再加上路卡那滿帶懇求的眼神實在殺傷力十足。沈夜本就很喜歡小孩子，被路卡這麼一看，差點便要應允下來，掙扎良久，才狠下心拒絕，道：「路卡乖啊，魔獸的鼻子比尋常野獸還要靈敏，這樣做，我們才能夠避免變成魔獸的大餐喔！」

幸好路卡是個乖孩子，雖然滿心不願意，但聽到沈夜的安撫後，還是忍耐著穿上髒兮兮的衣服。這乖巧的表現，讓沈夜與阿爾文既自豪、卻又心疼無比。

沈夜整理過三人的裝束後，便領著兩名孩子踏入地圖中標示有魔獸出沒的危險範圍。

非常明瞭敵方動向的沈夜，雖然並不擔心碰上追殺兩名小皇子的刺客，可行走在危機四伏的森林中，少年還是小心翼翼地不敢掉以輕心。幸好三人的運氣不錯，走了一整天就只碰到一些野兔、松鼠等小動物。

因爲空間戒指裡存放著充足的糧食，沈夜並沒有打這些小動物的主意，而且血腥味可能會引來其他野獸。

其實沈夜對於不用狩獵這一點覺得非常慶幸，畢竟少年連隻雞都沒殺過，能不能成功打下獵物還是未知數。

火光雖然能驅逐尋常野獸，卻也容易引起魔獸或人類的注意。初夏夜晚氣溫溫暖和，因此沈夜睡覺時便弄熄了營火，寧可麻煩一點爬上大樹，度過在森林的第二個晚上。

沈夜有輕微的懼高症，可是三人之中就屬他最年長，於是少年只好硬著頭皮壓下內心的恐懼，在攀爬的同時還要協助兄弟二人往上爬。

三人全都成功爬上粗大的枝椏後，沈夜感動得快哭了。

因爲畏高而一時間睡不著的他，很快便察覺到路卡的異樣。

「路卡，怎麼了？難道你怕高嗎？」大樹枝椏雖然寬闊，但容納了三人後還是有些擁擠，他們都是手臂貼手臂躺臥著。因此沈夜能清楚感覺到挨著自己的路卡，身體正微微地發抖。

黑暗中傳來孩子稚嫩的嗓音：「我不怕……只是有點冷。」

其實在聽到對方不是與自己有著相同恐懼時，沈夜不由得有點小失落。然而沈夜立即在心裡暗罵自己竟然有這種不厚道的想法，隨即伸手摸索，把身旁的孩子抱在懷裡：「路卡乖啊，這樣子應該比較暖和了吧？」

「嗯！」孩子高興地點點頭，隨即疑惑地詢問：「大哥哥你也在顫抖，你也很冷嗎？」

沈夜臉上一紅，支支吾吾地說道：「是有一點……不過現在好很多了，抱著路卡感到很溫暖。」

聽見沈夜的話，孩子露出高興的表情。

一旁的阿爾文藉著皎潔月光看向兩人，隨即挪動位置貼近沈夜：「放心，我在你旁邊，不會讓你掉下去的。」

聞言，沈夜剛回復正常神色的臉頰再度紅了起來，他感激卻又有些不好意思地應了聲，想不到阿爾文竟然這麼細心，那麼快便察覺到他有懼高這個毛病。

森林的夜晚並不寧靜，夜蟲與野獸的鳴叫聲，無一不展示出夜間森林所隱藏的生命力與危險性。但現在渾身疲憊的沈夜已顧不上其他了，雖說三人之中他年紀最大，但身為長期宅在家裡寫小說的作家，體力其實不比經常鍛鍊劍術的阿爾文好上多少。

此刻一切已安頓下來，昏昏欲睡的沈夜滿心只想好好睡一覺，並且無限想念地球家中那軟綿綿的大床。

不過，即便沈夜再疲憊，依舊無法忽視懷中路卡輾轉反側的動作。忍耐了好一會兒，發現孩子完全沒有睡著的跡象，沈夜小聲詢問：「怎麼了？路卡你睡不著嗎？」

路卡還未答話，身旁便響起以爲早已睡著的阿爾文的嗓音：「路卡，別任性了。愛琳已經……明天還要趕路，你快點睡吧！」

沈夜清楚感受到阿爾文提到「愛琳」這個名字時，路卡的身體倏地僵硬起來。

既然大家還未入睡，沈夜就不特意壓低聲音：「愛琳是誰？」

此時月亮被雲層遮蓋，一片漆黑的環境讓沈夜看不清對方表情，只有孩子低沉的嘆息於黑暗中傳出：「愛琳是路卡的貼身侍女，他們感情親如姊弟。每晚路卡都要聽完愛琳說的睡前故事才肯睡覺，不過愛琳她已經……」

阿爾文沒有把話說下去，但沈夜已明白對方的意思了。既然那個名叫愛琳的女生是路卡的貼身侍女，那麼這次旅行自然也隨侍皇子身邊。然而遭遇刺客的突襲，唯一活下來的，就只剩下路卡與阿爾文兩人……

愛琳她，已經再也無法爲小主人說睡前故事了吧？

沈夜忽然感到胸口傳來一陣濕漉感，而且範圍隨著路卡刻意壓抑的嗚咽聲逐漸擴大。

沈夜嘆口氣，默默緊抱懷中的孩子。五歲的路卡已經開始明白生與死的分別，親眼目睹認識的人被殺害，小男孩雖然忍著不說，但心裡一定很難過吧？

像阿爾文這樣冷靜的表現，反倒比較反常……畢竟阿爾文身為主角，沈夜本就設定他的抗壓性非常高，而且性格也穩重冷靜得不像個孩子。

輕聲細語安慰著傷心的路卡，沈夜忍不住擔憂起這個孩子的前程。路卡善良單純，這種性格在一般家庭的孩子身上並沒有不好，但作為皇儲卻會變得容易吃虧，甚至非常致命。

現在兩個孩子的命運軌跡，已因為沈夜的插手而改變，可是以路卡好欺負的個性，他真的能代替阿爾文的位置，好好治理國家嗎？

想到這裡，沈夜心中一動，哄著懷裡哭泣的孩子說道：「路卡別哭，我說故事給你聽吧！是來自我家鄉的故事喔！」

路卡不好意思地抹抹臉上的淚水，隨即頓了頓，又伸手擦了擦沈夜胸前的淚跡後，便一臉羞澀又期待地靜待沈夜的故事。

一旁的阿爾文雖未表態，卻同樣對於沈夜接下來要說的故事抱持期待與好奇。

這名黑髮黑眼的少年給人很神祕的感覺，雖然他只是一個既不具鬥氣、也不懂

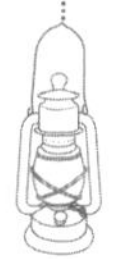

魔法的普通人，可是卻似乎什麼都懂，面對任何事情都一副胸有成竹的模樣。至少從相識到現在，沈夜所做的決定全都是正確的。這種遠見與睿智，絕不是一個普通的十六歲少年應有的智慧。

再加上他出現時的情況非常不可思議，即便沈夜已對自己的來歷做出簡單的解釋，阿爾文仍想要更加了解他的一切。

現在難得沈夜主動向他們提到家鄉的故事，自然勾起阿爾文的興趣。

Chapter 3
魔獸幼崽

沈夜選了在地球家喻戶曉的《人魚公主》的故事，聽著聽著，孩子們很快便被精彩的故事情節吸引，既被人魚公主對王子的情深所感動，又因公主殿下最終悲慘的下場而嘆息。

「故事說完了。你們對《人魚公主》這個故事有什麼感想？」

阿爾文挑了挑眉，這還是第一次有人對他們說完故事後，要求他們提出想法。意外之餘卻也不反感，反而覺得有點新鮮，無論是對於這個從未聽過的故事，還是對於沈夜這個人。「我覺得那個人魚公主太死心眼，我無法明白這種為了眞愛而拋棄親人與自身性命的感情。另外，王子只是為了報恩才與救他的那名女子結婚，這根本就不是眞愛吧？」

沈夜失笑道：「你這個小不點，知道什麼是眞愛嗎？」

阿爾文很認眞地回答：「當然，就像父皇便是眞心愛著母后，母后死後也一直沒有再婚。」

這一點，沈夜倒是無法反駁。皇帝的痴情在小說中是出了名的，而且他對皇后的愛絕對不僅如此。

路卡則對這故事有著不同的感想：「公主好可憐也好偉大，王子爲什麼不喜歡她呢？」

聽著路卡那相較之下天眞許多的童言童語，沈夜笑問：「小路卡你是這樣想的啊……想不想聽一下我的想法？」

「想！」

「我覺得人魚公主是很可憐沒錯，可是她的悲劇都是有機會避免的。」沈夜斬釘截鐵地說道。

「咦？」不只是路卡，就連阿爾文也驚訝地睁大雙目。

「你們仔細想想，人魚公主愛上了王子，向女巫求助。可是當她得知要用聲音作爲代價，而且若得不到王子的愛情便要化爲泡沫，爲什麼還是毫無猶豫一口答允下來？難道這不是過於自負的表現嗎？她怎能如此確定，一定能夠讓王子愛上自己？」

阿爾文露出若有所思的神情，路卡則是不服氣地說道：「那、那是因爲人魚公主太愛王子了，她寧可冒著生命危險，來交換自己想要的愛情。而且女巫很壞，她

用公主的聲音來冒充救王子的恩人！」

沈夜被孩子認眞的表情逗笑：「我說小路卡……你也知道什麼是愛情嗎？」

路卡有點生氣地說道：「當然知道！」

「好吧！我們先不要討論五歲的小孩知不知道什麼是愛情……人魚公主變成人類後，看到女巫僞裝成自己來引誘王子，爲什麼不向家人求助？」

「這……因爲人魚公主很善良，所以不希望讓家人感到爲難。」

沈夜歪了歪頭：「可是她最終化成泡沫失去性命，那不是讓她的家人更加傷心難過嗎？她的姊姊們願意用頭髮向女巫交換可以拯救人魚公主的匕首，如果一開始人魚公主便向家人求助，那她的姊姊們是否就能替她分擔一點代價，從而避免悲劇的發生呢？不要拒絕親人與朋友善意的幫助，向人求助並不可恥，拒絕有時反倒會傷害親近之人的心，不是嗎？」

這一次路卡不再說話，而是靜下來思考著沈夜的話。

見狀，沈夜滿意地勾起嘴角，續道：「默默在背後祝福對方這種方法並非不好，但我還是認爲喜歡的東西應該要主動爭取。另外，人的內涵是很重要，但不相熟的人往往只會注意到對方刻意展露出來的優點，而不是真正的內在。爲什麼王子殿下會選擇女巫幻化成的美女，而不選擇人魚公主？那是因爲女巫懂鑽營，也更善於表現自己。」

沈夜一開始的話是針對路卡說的，這孩子的個性有點軟弱，如果他是普通人家的孩子那倒無所謂，但沈夜很清楚艾爾頓帝國的皇帝不久便會因病逝世，如果路卡還是以這種溫吞的性格臨危受命，絕對會被那些虎視眈眈的餓狼啃得骨頭都不剩！

在原來的故事中，先後經歷路卡與父皇的死亡、性情早已變得冷酷無比的阿爾文，最終是以血洗所有反對勢力的方法把動盪的帝國穩定下來。沈夜並不贊成讓路卡走上與阿爾文相同的路，先不論以路卡的性格能否下達如此決絕的決定，光是想到這個善良孩子的手將染滿鮮血，便讓沈夜心疼不已。

因此沈夜並不想改變路卡的善良，卻希望他能主動爭取自己應得的事物。這孩子聰敏機智，而且年紀尚小，絕對有著很高的可塑性。

一開始的告誡是說給小路卡聽的，但沈夜接下來的話卻是爲了阿爾文而說。這孩子堅強獨立，這是他的優點，但同時也是他的缺點。他總是習慣獨自肩負所有事情，從不喊一聲苦。但沈夜認爲偶爾依賴身邊值得信任的人是必須的，有時候過度的生疏客氣也會破壞與他人的關係。

而且阿爾文爲人內斂，他是那種認爲行動比說話還要實際的人，會默默幫助自己重視的人，卻鮮少把這種關懷與體貼表達出來。沈夜並不覺得這種性格不好，可是當阿爾文成爲上位者時，這卻不是個能夠收買人心的好特質。

路卡的年紀還小，對於沈夜的話並未多想，只覺得少年的話很有道理。再加上「人魚公主」這個故事很精彩，因此孩子不知不覺間已將沈夜的告誡牢記在心。

阿爾文卻若有所思地看著哄路卡睡覺的沈夜一眼，總覺得對方的故事是故意針對他們的性格而說。聽過這個故事後，竟讓他充分反思著自身的不足與缺點。

這名突然出現的少年，總給他一種很奇怪的感覺，雖然與他相處的時間不長，但阿爾文卻敏銳地察覺到，沈夜對他們兄弟二人的事情瞭如指掌。不知道是否他家鄉那邊的先知，將他們的事情告知給了沈夜……

雖說與沈夜達成合作協議，阿爾文也願意信任沈夜，但其實並未眞正接受他。只是看對方所做的事情暫時對他們有利，故而對沈夜的很多做法選擇沉默罷了。

這一晚，阿爾文想了很多事情。想著死去的人們、想著父皇得知他們生死未卜後的焦急、想著有可能是凶手的人、想著他們現在的處境……

天上的雲朵隨著微風而飄動，短暫的黑暗過後，皎潔的月亮再度從雲朵的遮掩下展露出來，照亮森林的景致。

柔和月色下，沈夜與路卡這一大一小安靜地陷入沉睡，月光在他們身上灑下一片美麗的銀白，這和諧的景象讓阿爾文的心情不由得柔軟起來。

已陷入熟睡的沈夜並不知道，在他身旁的阿爾文，把雙手緊握成拳頭，輕聲地喃喃自語：「沈夜，如果你辜負了我們的信任，我絕對不會放過你！」

□

清晨的陽光讓沉睡的沈夜緩緩甦醒，迷茫地眨動雙眼，他好一會兒才想起自己身處何方。

小心翼翼地坐起身，少年卻發現懷裡空蕩蕩的，本被自己抱著的路卡，以及一起睡在樹上的阿爾文竟然不見了！

就在少年慌亂地想要呼喚兩人名字時，下方傳來的聲響吸引了他的注意。沈夜立即往下看去，便看到令他方寸大亂的罪魁禍首，正在樹下練習劍法。

年紀稍大的阿爾文，劍術已略有小成，男孩輕盈飄逸的身影煞是好看。相反地，握著木劍一板一眼練習著劍招的路卡，看起來呆呆的卻非常可愛，讓沈夜恨不得去揉揉男孩那帶著嬰兒肥的小臉。

看著一早便揮灑青春汗水的兩名孩子，沈夜不得不感慨即使是帶著主角光環的阿爾文，沒有與天賦相對的努力，也不可能成長爲將來威霸四方的氣勢。

沈夜努力想著一堆有的沒的來轉移注意力，邊強忍著畏高的恐懼感，笨手笨腳地往地面爬去，直至腳踏實地後總算吁了口氣，往路卡二人的方向看去。

阿爾文的警覺性著實不低，即使專心練劍，也沒有忽略沈夜爬樹的細微聲響。早在沈夜下來前，他便已停止練習，默默看著少年笨拙的動作。

「阿爾文、路卡，你們起來怎麼不喚醒我？剛才醒來不見你們，還以爲你們出了什麼事情，眞是嚇死我了。」

阿爾文打量著沈夜抱怨的神情，發現少年臉上的緊張不似作假，不由得心頭一暖：「看見你睡得很沉，打算練習完後再喚醒你。」

阿爾文的話讓沈夜有些不好意思。入睡前，他本來還告誡自己要時刻警惕著外界的動靜，結果卻睡到日上三竿才起來，連兩個孩子下去練劍都不知道……

也許是感受到沈夜的尷尬，阿爾文靜默了一會兒，便提議：「我們也練習得差不多了，一起吃早飯吧！」

沈夜立即順著阿爾文給的台階下，連忙點頭，看著眼前這個依舊不苟言笑、態度卻多了點圓滑的男孩，沈夜發現阿爾文似乎有將他昨夜的提議聽進去，而且正努力改變。

沈夜很欣慰：「乖。」

「……」

三人的早飯依舊是存放在空間戒指中的乾糧，幸好小路卡總愛把喜歡的零食往戒指裡塞，再加上這枚戒指品質相當好，不光內存空間大，還附帶保鮮功能，不然光靠他們這三個連隻雞也沒殺過的人，只怕還沒有踏出森林便已活活餓死。

沈夜對於他們三人自己找食物全然不抱任何奢望，因此少年並沒有花費心力與時間在打獵上。就連路卡用軟軟的聲音要求嚐嚐樹上的野果時，沈夜前進的步伐也未因此有絲毫停頓。

雖說摘野果比打獵容易得多，可是天知道這些看起來很甜美的水果有沒有毒？沈夜可沒有神農嚐百草的探究精神。

□

沈夜三人運氣不錯，平安無事地走了數天，就連一頭稍有攻擊力的野獸也沒有遇上。在沈夜的帶領下，他們的路線更是完全與追兵錯開。

除了外表髒兮兮、像三個乞丐外，在沈夜的照顧下，路卡與阿爾文兩個孩子無論是身體還是精神狀況都相當好，一點兒也不像狼狽逃亡的模樣，體力甚至還因爲長時間步行而有提升的傾向。

每一晚，沈夜睡前都會針對兩名孩子的性格說出一則寓言故事，然後要求他們發表對故事的感想。

沈夜所說的故事內容新奇有趣，再加上故事寓意深遠，而且事後少年還會各別針對兩人說些建議與想法，格外讓孩子們記掛在心。

潛移默化下，不單阿爾文的性格有明顯的變化，就連年紀較小、懵懵懂懂的路卡，也隱隱有了些轉變。

看著兩名孩子的性格往好的方向改變，功不可沒的沈夜感到非常欣喜。少年甚至已經開始想像美好的將來，幫助兩人解決所有阻礙後，沈夜便可以安心在艾爾頓帝國過著悠閒的優渥日子了。

有了路卡與阿爾文撐腰，沈夜在國內絕對可以橫著走啊！

阿爾文看著沈夜忽然傻笑起來，不禁滿臉黑線地默默移開了視線。

初相識時，沈夜給人文質彬彬的感覺，清秀的臉龐與充滿親和力的笑容，讓人不由得想親近。加上少年言行進退有度，更給人值得信賴的穩重感。

可是彼此愈漸熟悉後，阿爾文發現這名少年簡直是個矛盾的綜合體。他懂得許多他們所不知道的知識，又會說一些充滿哲理的故事，然而有時候，卻又會對一些連小孩子都知道的事情茫然不知。看起來溫和穩重，卻又會不時犯傻……就像現在，阿爾文實在好奇對方到底在傻笑什麼。

相較於一直保持警惕、把神經繃得死緊的阿爾文，路卡不知道是否因爲年紀小，過了幾天便逐漸淡忘心裡的陰霾，甚至旅途中還在森林裡找到不少樂趣。

看著孩子因偶遇一隻美麗的飛鳥、或外型可愛的小動物而開懷大笑，沈夜覺得這小皇子實在太萌了，眞想把他拐回家當兒子。卻忘記在許多人眼中，十六歲的他也只是個青嫩的小伙子，遠遠未到當爸的年紀。

原本沈夜還期望能夠平安無事地離開森林，偏偏悠閒了幾天後，他們三人的好運便到此爲止。

事情的起因，是路卡在草叢裡撿到一顆蛋。

那是一顆十分光滑、米白色的蛋，不知道是何種生物所生。蛋的體積很大，五歲的路卡抱著它跌跌撞撞迎面走來時，那顆蛋完全遮住孩子的小腦袋。從沈夜與阿爾文的方向看過去，簡直就像一顆長了雙腿的巨蛋朝兩人走過來。

被巨蛋遮住視線的路卡本就走得勉強，還不小心踢到地面的石頭，結果這孩子一個踉蹌，手中的蛋便直直往外拋出，在半空劃出一道漂亮的拋物線。

「不——我們今天的午餐啊！」看到蛋的瞬間，已在腦海裡思考著到底該把它清蒸還是煎炒的沈夜，立即悲鳴一聲飛撲過去，驚險地在蛋摔落地面前把它接住，保住了他們的午飯。

看到沈夜飛身接蛋的英姿，最近逐漸把貴族應有的嚴謹拋諸腦後的阿爾文吹了聲口哨，而路卡更是咯咯笑著拍起手來。

沈夜嘴角一抽，心想我這麼拚命可不是用來表演取悅你們的啊。不過想到剛到手的午餐，沈夜的心情便立即愉悅起來。

然而，此時「喀嚓」一聲傳來，沈夜手中的蛋突然出現了一條裂縫。

難道剛剛把蛋摔壞了？但我明明是在它著地之前接住了啊!?

蛋殼上的裂縫繼續變大，隨即分裂成蜘蛛網似的裂紋，很快地裂紋崩塌成一個三角形小洞，禽鳥的鳥喙從洞口冒出。

不只沈夜，就連阿爾文與路卡也呆住了。

路卡最快反應過來：「這是小鳥嗎？」

沈夜面無表情地說：「我不知道，我只知道午餐沒了。」

阿爾文盯著鳥蛋好一會兒，問：「這個不能吃？」

沈夜愣了愣，道：「……吃牠不好吧？畢竟我們看著牠出生的。」

在路卡「不要吃蛋蛋」的叫嚷聲中，阿爾文最終還是放棄了把這初生兒吃掉的想法。在三人的旁觀與差點成爲午餐的危機下，一個小生命安然誕生了。

當這個新生命總算破開蛋殼，把自己的全貌展露在三人面前時，沈夜這才知道孵化出來的並不是他以爲的大型雛鳥，而是一頭魔獸幼崽！

雖然牠看起來像頭濕漉漉、羽翼未豐的雛鳥，然而那不同於鳥類的四隻爪子、以及獸類的尾巴，還是能看出牠是頭不知名的魔獸寶寶。

幼崽還未開眼，細毛都還濕淋淋的，在微風中渾身發抖的弱小模樣看起來十分可憐。

「好醜。」這是路卡的評價。

阿爾文頷首：「的確滿醜的，所以我們還是吃了牠吧？」

這一次，路卡聞言卻是一臉猶豫，並沒有如先前般表現出強烈反對。

沈夜見狀嘴角一抽，充分感受到小孩子特有的殘忍及愛恨分明。

看到幼崽不可愛，小路卡你便不護著牠了嗎？這轉變未免太明顯了吧？

沈夜小心地將啾啾直叫的幼崽抱在懷裡，道：「小動物一出生都比較難看，再長大一點應該會變得好看些。」

路卡立即雙目一亮：「眞的嗎？那我們不吃牠了！」

「……」

也許是感受到懷抱的溫暖，幼崽停止顫抖，就連鳴叫聲也沒有如先前般急促，乖順地待在沈夜懷裡。

因爲有了盼望，路卡重新對幼崽提起興趣：「我們要餵牠吃什麼？」

沈夜歪頭打量著懷裡的幼崽，雖然牠有四隻腳，但整體來說還是一隻鳥：「……蟲子？」

路卡摸摸幼崽的頭：「蛋蛋乖啊！我們抓蟲子給你吃，你要快點變漂亮。」

「等等！路卡，牠已經孵出來，不是顆蛋了，就別叫『蛋蛋』了吧？」要是這個名字被定下來，這魔獸也太可憐了。

路卡想了想，從善如流地道：「那叫『阿醜』？」

阿爾文聞言噗哧笑出聲，沈夜瞪了在旁看笑話的男孩一眼，隨即向路卡諄諄善誘：「路卡，看，牠的毛乾了以後開始變得毛茸茸了呢！不如我們喚牠作『毛球』好不好？」

時間太短，而且根本看不出這頭幼崽長大會變成什麼樣子，沈夜一時之間也想不出什麼好名字，但「毛球」總比「蛋蛋」跟「阿醜」好吧？

幸好路卡一直是個乖孩子，只見孩子露出燦爛的笑容，點頭道：「好！」

就在三人剛把幼崽的名字決定好、想去抓蟲子看看牠吃不吃時，一陣嘯叫聲遠遠響起，這叫聲雖比尋常猛禽叫聲略帶沙啞，但穿透力很強，聽到這陣嘯聲時，被命名為「毛球」的魔獸幼崽開始不安分地扭動身子、啾啾直叫。

「糟糕！是幼崽的父母找來了！」沈夜神色一變，拉著兩名孩子想要逃走時，兩頭魔獸卻已從天而降，一前一後把三人包夾在中間。

「是獅鷲！」阿爾文驚呼。

出現在三人眼前的，是兩頭威猛而美麗的魔獸。

牠們有著一身棕紅色皮毛，鷹首獅身，背部長有一雙翅膀。看到這兩頭威風凜凜的獅鷲，沈夜突然想起小說中一段他誤以爲已經完全避開的劇情。

根據阿爾文原本的命運軌跡，他會在山洞中與路卡一起度過在魔獸森林的第一晚。然後他便開始帶著路卡在森林中逃亡，並且很快地被殺手們追上，路卡也是在那時慘遭殺害。

追逐間，雙方誤闖獅鷲地盤。正巧當時獅鷲的蛋被一條獨角蟒偷走，獅鷲誤以爲這些人類是偷蛋的凶手，硬是追著殺手們不放。

最終兩頭獅鷲與那群殺手同歸於盡，而阿爾文則被戰鬥牽連，掉落崖底的水潭中，還因此得到他身爲主角的第一個金手指。

沈夜來到這個世界後，阿爾文與路卡在他的帶領下，偏離了原本要走的路線。結果他們沒有遇上殺手、也未闖入獅鷲的領地，安然地活到現在。

至於那對本來會與殺手同歸於盡的獅鷲，卻因爲丟失獅鷲蛋時沒有被人闖入領地，於是活到現在，並且在尋找孩子時與他們遇上了嗎？

沈夜想到這裡，忍不住頭痛地揉了揉太陽穴。他是不是應該稱讚一下劇情的強大，該遇上的即使過了這麼久，也終究會遇上？

沈夜小心翼翼地將懷中幼崽放到地上，兩頭獅鷲中體型較小的立即走到毛球身邊，用嘴喙為幼崽整理細毛。只見毛球發出兩聲舒服的鳴叫聲，高高興興地依偎在母親身邊。

沈夜嘆了口氣。

好吧！毛球果然是獅鷲的孩子。而現在問題是，他們三人顯然已被獅鷲爸媽視為「偷蛋賊」了，在盛怒的獅鷲面前，他們能有活命的機會嗎？

獅鷲是實力強大，而且非常聰明的魔獸，身為風系魔獸的牠們不單飛行速度快，嘴巴還能噴射出風刃。在小說中，光是兩頭獅鷲便將一整隊追殺主角的菁英滅掉了，以沈夜三人的實力，對上獅鷲絕對毫無勝算。

早在獅鷲第一聲鳴叫響起時，阿爾文已立即拔出武器。然而路卡與阿爾文兩人人小力弱，沈夜則是對劍術一竅不通，短劍根本無法對獅鷲造成任何威脅，只是為求心安手裡握個武器而已。

沈夜一咬牙，當機立斷地小聲說道：「阿爾文，趁著其中一頭獅鷲的注意力在毛球身上，你帶路卡逃跑，我來斷後！」雖然沈夜明知道即便選擇逃跑，兩名孩子也必定跑不過會飛的獅鷲，但少年還是想盡力爲孩子們爭取一線生機。

聽到沈夜竟然自願斷後，阿爾文驚訝地睜大雙目。隨即男孩便發現少年說話的聲音雖然堅定，可是那雙握劍的手，卻是止不住地顫抖著……

這個人，其實很害怕吧？

即使害怕，他還是豁出性命保護他們。

阿爾文抱起弟弟住草叢奔去，腦海裡卻不停浮現沈夜堅強又脆弱的背影。

就在兩個孩子逃往草叢、很快被成人高度的草叢遮掩住行蹤的同時，沈夜則手握短劍，將劍鋒指向兩頭獅鷲，道：「我不會讓你們追上去的！」

Chapter 4
平等契約

出乎沈夜預料的是，兩頭獅鷲既沒有攻擊他，也沒有追擊逃跑的阿爾文與路卡，而是站在原地，金棕色的眸子眨也不眨地盯著他看。

被獅鷲盯得心裡發慌的沈夜，並不知道獅鷲們全被他剛剛的一句話驚住了。剛才沈夜那一句與其說是警告、倒不如說是自我打氣的話，竟然令獅鷲萌生特別的感應。

少年的聲音直透靈魂，讓牠們有種想要臣服的衝動。那是一種信仰般的奇妙歸屬感，就像牠們仍是幼崽時，那種對父母的依戀。

這種感覺既溫暖又讓牠們心生敬畏，令牠們不僅不想傷害這名少年，甚至還不由自主想要保護對方、滿足他的任何願望。

沈夜自然不知道獅鷲聽到他的話之後，竟產生這種驚人的變化。下定決心與對方死戰的少年，手握短劍死盯著眼前的兩頭獅鷲，卻發現原本凶神惡煞的獅鷲，不知何時竟收起爪牙，泛著凶光的眼神也變得柔和起來。

本來殺氣騰騰的獅鷲，忽然間失去了敵意，讓沈夜驚疑不定。原本沈夜抱著與牠們拚命的想法，死也得將獅鷲拖住，但現在他卻不確定這做法是否妥當。

現在獅鷲難得消去殺意，如果因爲處理不當而再次激怒牠們，豈不是死得太冤枉了嗎？

要是事情能夠以和平的方法解決，沈夜還是希望不要打起來得好。兩頭獅鷲畢竟是毛球的父母，沈夜並不想與牠們爲敵。

與獅鷲大眼瞪小眼好一會兒，沈夜做出一個十分大膽的決定——少年把指著獅鷲的短劍丟棄在地上。

雖然以沈夜的實力，手上有劍還是沒劍其實並無太大區別，但這是一個表態，顯示出沈夜不想與獅鷲爲敵的態度！

果然在看到沈夜丟棄短劍後，獅鷲的眼神變得更加柔和，其中一頭甚至輕搖著尾巴走到少年面前，用嘴喙蹭了蹭少年的手背。看到沈夜沒有動作，另一頭獅鷲安撫了下依偎牠熟睡著的毛球後，也走到沈夜的身前。

沈夜全身僵硬地任由這兩頭獅鷲在他身上東聞西嗅，過了好一會兒，確定牠們眞的沒有敵意後，才一臉遲疑地伸出手，鼓起勇氣往其中一頭獅鷲身上摸去。

撫摸這頭獅鷲的同時，沈夜還偷偷往人家腿間瞄去……嗯，這頭右耳耳尖有點小白色是公的，是獅鷲爸。

獅鷲的棕紅獸毛看似柔軟，可是摸起來的質感卻有些粗糙，但也不至於刺手。被沈夜撫摸著額頭的獅鷲爸，咽喉間發出舒服的咕嚕聲，一臉愜意地閉上雙目。這是獅鷲信任的表現，牠相信沈夜不會乘機向牠出手。

獅鷲媽以頭頂頂少年，獅尾還擺啊擺地，令沈夜有種兩隻小狗在向他爭寵的感覺。看著忽然變得像自家養的小狗般溫馴的獅鷲，沈夜覺得這轉折實在有點出乎意料，而且讓他一頭霧水，但幸好不是最糟的結果。

□

帶著路卡逃跑的阿爾文在越過草叢後仍不放心，與路卡爬上一棵大樹。這大樹枝葉濃密，完美地把兩人的身影遮蔽起來。

他們並不知道，獅鷲有著比老鷹還要銳利的眼力，能夠看見很遠的地方，要找出他們，對獅鷲來說不是一件困難的事情。

躲在枝葉間的兩名男孩，本來還自欺欺人地認爲自己躲得很好，對方一定無法察覺。然而當兩頭獅鷲用風刃「嗖嗖嗖」地把遮擋著他們身影的枝葉猛然割斷時，兩人便知道他們太小看這些魔獸了。

阿爾文立即擋在路卡身前，不過當兩名男孩看到騎在獅鷲背上的沈夜時，他們都愣住了。

沈夜想讓獅鷲把兩名孩子帶往樹下，然而獅鷲卻表現出除了沈夜以外，不許任何人騎乘在牠們背上的態度。沈夜別無他法，只得向樹上的兩人說：「沒辦法，你們能自己下去嗎？」

兩名男孩有些畏懼地看了看兩頭獅鷲，才慢慢往樹下爬去。雖然這些獅鷲似乎已被沈夜馴服，可是阿爾文他們的動作還是小心翼翼，深怕動作一大，便會刺激獅鷲狂性大發。

然而直到他們離開大樹、腳踏實地後，獅鷲依然沒有任何攻擊的舉動。只見獅鷲在沈夜驅使下，拍著翅膀降落在兩名孩子面前。沈夜離開獅鷲的背部後，還伸手摸摸牠的頭表達感謝。這頭載著沈夜來找他們的獅鷲，則是瞇起雙眼，露出享受的表情。

阿爾文驚異地看著乖巧得像頭小狗的獅鷲：「你到底對牠們做了什麼？」

這前後態度的轉變也太大了吧!?

沈夜攤攤手，臉上的神情說有多無辜便有多無辜：「什麼也沒做啊！我本來都做好被牠們吃掉的心理準備了，想不到牠們會那麼喜歡與我親近。」

阿爾文雖然覺得很不可思議，但倒是沒有質疑沈夜。畢竟剛剛少年面對獅鷲時的驚惶絕不是偽裝出來的，而且他也幾乎將整個過程從頭看到尾。沈夜一開始連毛球是獅鷲的孩子都不知道呢！

路卡年紀小，更是沒有想那麼多。見獅鷲受沈夜的約束，男孩便好奇打量著這些漂亮魔獸，大膽地伸手迅速摸了其中一頭獅鷲。

看路卡興奮到幾乎大喊「今天不洗手了！」的樣子，沈夜既好氣又好笑。

經過這段小插曲，三人身旁便多了兩大一小的三頭獅鷲跟隨。身爲高階魔獸的獅鷲，可說是魔獸森林中食物鏈的頂端。牠們的攻擊力不弱，在這座小森林裡唯一的天敵就只有人類，以及寥寥可數的幾種魔獸。因此在這個鮮少有人類進入的魔獸森林中，獅鷲可說是橫掃整座森林的存在。

有這些獅鷲當護衛，沈夜篤定他們能安全離開這裡，甚至遇上那些追殺他們的人時，在獅鷲的幫助下還可以反擊對方。可惜沈夜選擇的路線非常精準地繞開了追擊的敵人，反倒讓暗暗期待能夠利用獅鷲復仇的兩名男孩失望不已。

沈夜自然察覺出阿爾文他們的小心思，知道殺手所走路線的沈夜，也不是不能反過來領著獅鷲去攔截那些殺手。可是狙擊兩名小皇子的殺手怎是好惹的？兩頭獅鷲即便能擊敗那些殺手，也必定要付出嚴重的代價。獅鷲眞誠待他，沈夜自然把這些魔獸視爲朋友，絕不希望因爲自己的關係，讓獅鷲出現任何傷亡。

雖然不打算讓獅鷲幫忙對付敵人，可是獅鷲的跟隨還是帶來不少好處。至少一路上沈夜他們不用再擔心受怕，一直緊繃的精神總算能放鬆下來。獅鷲狩獵時，三人便負責替獅鷲爸媽照顧毛球，獅鷲則給予三人一些獸肉作爲報酬。一路下來，沈夜等人與獅鷲相處得愈發融洽。

小獅鷲成長得很快，外貌每天都有新變化。現在毛球已睜開眼，身上也長出濃密茸毛，體型更是長大了一倍有餘。相較於剛出生時濕漉漉的模樣，現在的小獅鷲可愛多了。可惜牠與獅鷲爸媽一樣，至今只願意親近沈夜一人。看著毛球任由沈夜想抱便抱、想摸便摸的樣子，讓阿爾文與路卡既羨慕又嫉妒。

有了獅鷲一家的加入，魔獸森林的行程簡直像旅遊般舒適。然而他們不能永遠待在森林裡，當三人來到森林邊緣時，便是與獅鷲分別的時候。

雖然相處的時間不長，但獅鷲毫不保留表達出的善意與忠誠卻令沈夜動容。魔獸不懂得勾心鬥角，牠們的感情遠比人類純粹而真摯。現在要與牠們分別，沈夜深感不捨。

阿爾文提議：「也許我們可以把牠們帶離森林？萬一遇上敵人時還能有自保的能力。」

沈夜搖首說道：「不行，牠們太引人注目了，到時候只會把我們的行蹤洩露給敵人知道。兩頭成年獅鷲雖然不好惹，但還是有辦法對付牠們，到時只會惹來身在暗處的敵人調動人手把我們全數殲滅。何況獅鷲並非小貓小狗，牠們再乖巧聽話也終究是魔獸，不適合在人類的城鎮生活。」

路卡突然高興地拍拍手，道：「沈夜哥哥，你可以與這些獅鷲簽訂主僕契約啊！到時就可以把牠們收進空間裡，這樣便可以在一起啦！」

經男孩提醒，沈夜才想起這個世界有種名爲「馴獸師」的稀有職業。馴獸師大多會把一些魔獸從幼崽開始飼養，以各種方法與牠們磨合，並簽訂主僕契約，從此這些魔獸便是馴獸師的「武器」。馴獸師這個職業需要花費大把時間與心血在馴養魔獸上，因此他們本身的力量與普通人沒有太大區別。但只要奴役的魔獸愈強大，他們所能使出的力量便愈強！

馴獸師與魔獸簽訂主僕契約後，便能夠開拓出一個魔寵空間。馴獸師可以把魔寵收在空間裡，直至戰鬥時才釋放出來。

另外，簽訂主僕契約後，魔獸既不能反抗主人的命令，也不能傷害主人，是個單方面奴役與控制魔獸的契約。

看沈夜沒有說話，阿爾文以爲少年不清楚怎樣訂立契約，便爲他詳細解釋：「你先咬破指尖把血點在獅鷲的額頭上，同時心裡以創世神的名義爲見證者，要求獅鷲獻出牠們的忠誠。只要牠們願意服從、沒有任何反抗意識，契約便能成立。訂立契約的過程並不複雜，最困難的是需要魔獸自願奉你為主。可是以獅鷲對你無比信服的態度，本來應該是最困難的障礙，也許在你身上反而變成最容易達成的事情也說不定。」

沈夜垂首看向站在他面前的獅鷲們，只見牠們的眸子裡充滿著信任與忠誠。確實如阿爾文所說，只要沈夜要求，獅鷲們絕對不會拒絕。

沉思片刻，沈夜依言咬破指頭，將一滴鮮血印在獅鷲爸的額頭上。

隨即少年與獅鷲爸額上同時浮現出一道燦爛金光，光芒凝聚成一道美麗花紋，一股神聖的氣息撲面而至。

阿爾文驚呼：「平等契約!?」

身為從小接受皇室菁英教育的皇子，阿爾文曾從古籍中得知這花紋代表的意義，忍不住驚呼出聲！

是的，平等契約現在已是無人使用、只存於古籍中的知識了。

在遠古年代，當一些與魔獸親密無間的人類，發現他們能夠與魔獸訂立契約時，平等契約便出現在歷史長河裡。而這些與魔獸簽訂契約的人，正是史上第一批馴獸師。

平等契約帶來了不少便利，這種契約確保彼此不會背叛對方。不單能讓雙方心靈相通，還能產生一個容納魔獸居住的魔寵空間。

從此，魔獸與人類並肩作戰，爲人類貢獻出牠們的力量。而人類則提供魔獸想要的東西，例如安穩的生活環境、能夠讓牠們進化的藥劑或天地財寶。

可是人類的貪欲無窮無盡，他們很快便無法滿足於平等契約的條款。終於有一天，有人成功改寫契約，並用武力第一次成功逼迫魔獸簽訂了主僕契約後，平等契約便步入歷史。

雖然同樣擁有「契約」二字，可是主僕契約完全是人類奴役魔獸的不平等條約。在主僕契約中，平等契約的一切效果仍在，卻加上魔獸不能拒絕主人的命令，甚至主人死亡時，魔獸也將隨之猝死等苛刻的條件。

於是本來與魔獸親密無間的馴獸師們，紛紛改變了對待魔獸的態度。他們想出不少方法，讓魔獸與他們簽訂主僕契約，其中利用武力令魔獸屈服，又或者捕捉、購買魔獸幼崽是最常見的做法。

相較於不知道什麼時候會出狀況的同伴，人類顯然更喜歡被自己奴役的奴隸。

從此以後，馴獸師不再是魔獸的朋友，而是牠們的惡夢！

現在大陸上，所有馴獸師與魔獸簽訂的全都是主僕契約。這也是為什麼當阿爾文看到沈夜竟然選擇平等契約時，會如此震驚了。

「你……」

看著欲言又止的阿爾文，沈夜笑著伸手摸摸獅鷲那看起來很柔軟，實際卻有些刺手的獸毛：「這樣就好了。其實我並不想把牠們帶走，只是希望加深彼此間的牽絆，因此平等契約的條款剛剛好。」

阿爾文問：「為什麼？」

沈夜笑道：「牠們本就不欠我什麼，獅鷲是魔獸森林的王者，我怎能那麼自私，為了自己的安全而讓牠們離開出生地，陷入處處都是危險的人類城市？牠們屬於魔獸森林，這裡才是牠們能夠自由自在、快樂生活的地方。何況獅鷲爸媽還要照顧毛球，現在根本不是讓牠們離開森林的時候。既然獅鷲們把我視為朋友，我也要為牠們著想才對。」聽到少年的話，獅鷲們的眼神頓時變得更加柔和。

阿爾文沉默半晌，道：「起初我並不明白爲什麼獅鷲只願意親近你，甚至還覺得有點不甘心。可是現在，我明白了。」

沈夜笑了笑，隨即用同樣的方法與獅鷲媽及毛球簽訂平等契約。有了契約的連繫，沈夜終於弄明白一個困擾他數天的問題。

他一直不明白爲什麼獅鷲會對他有著超乎尋常的信任與親暱，想要詢問，偏偏魔獸無法口吐人言，只得作罷。

現在有了契約的連繫，沈夜這才知道，獅鷲從他身上感受到一股令牠們感到既畏懼又親切的神聖氣息。正因爲這種氣息，當牠們面對沈夜時，完全生不出反抗的念頭。

沈夜猜測，或許因爲自己是創造這個世界的「神」，因此對這裡的生命來說，沈夜天生便帶有一種讓他們想要親近與敬畏的氣息。

但這種影響力顯然不算強大，只有靈智已開、感應力遠比人類強大的魔獸，才會受到這種力量的影響。

想通了這點，沈夜對於這種頗爲雞肋的力量並未放在心上。畢竟他沒打算當馴獸師，因此很快便把這件事拋諸腦後。

經過摸索後，沈夜發現平等契約其實有不少優點。例如主僕契約由於人類一方須靠靈魂之力來維持契約的約束力，因此能與他們訂定契約的魔獸數量有所限制。

可是平等契約不同，此契約目的在於「連繫」，對雙方並沒有絲毫的約束力，因此沈夜的魔寵數量完全沒限制。正因如此，沈夜才能同時與三頭高階魔獸簽訂契約。如果是簽訂主僕契約，沈夜與其中一頭獅鷲簽訂契約便已是極限。

另外在主僕契約的影響下，即使是智力低下的低階魔獸，也能夠清晰接收並明白主人所下達的命令。而平等契約在這方面則更勝一籌，它能讓主人與魔寵彼此心意相通，即使是無法口吐人言的獅鷲，沈夜也能夠輕易明白牠想要表達的意思，以及心情變化。

當然沈夜並沒有想得那麼多，他只是單純認爲把如此信任自己的獅鷲視爲奴隸是不對的行爲。正因爲他的心意如此純粹，才顯得更加珍貴。

沈夜不知道的是，他對魔獸的善意與保護，已透過契約毫不保留地傳達給獅鷲們；也從這刻起，少年成了獅鷲願意以生命來守護的摯友！

Chapter 5 進入城鎮

在杳無人煙的魔獸森林走了許久，終於看到久違的城市，阿爾文與路卡立即歡呼一聲，邁開步伐便要往城鎮跑去。

沈夜立即伸出手，一手一人地拉住他們的衣領，神情又好氣又好笑。路卡也就罷了，枉費阿爾文老是一副老成持重的小大人樣，怎麼行事卻是這樣草率呢？

果然小孩子就是小孩子，事情一順利就變得得意忘形。

沈夜先是把兩人教訓一頓，隨即用清水抹去臉上的青草汁液後，便要求孩子們乖乖留在原地等待。在路卡與阿爾文幽怨的目光下，沈夜獨自率先步入這座位處森林旁的城鎮。

雖然沈夜的衣著又髒又破爛，看起來活像個乞丐，不過少年並沒有少繳納入城費，何況看他只有獨自一人，而且還是個沒有魔力、手無寸鐵的少年，駐守城門的士兵倒也沒有爲難他。

沈夜先到服飾店換過一身衣服，身上破爛的棉衣卻捨不得丟掉，畢竟這是他從地球帶來的衣服。少年裝模作樣地讓店員把舊衣與幾件新買的衣服包好，出了店鋪後，少年走到一個無人角落，隨手把東西放入路卡借給他的空間戒指裡。

沈夜雖然不算特別精明，卻一向心思細密。雖然有著先知先覺的優勢，少年處事仍十分謹慎，而且他知道空間戒指這種極其珍貴的寶物，絕非可以隨意招搖，要是被人知道，只怕他還沒走出這座城鎮便被人宰了。

回到城鎮外，沈夜從空間戒指裡取出新買的衣服：「大小應該不會差太多，要是不合適也先將就一下吧！你們存放在戒指裡的衣服，款式與質料一眼便能看出是高檔貨，所以絕對不能穿著入城。」

雖然知道沈夜買的是平民衣物，但對於這段時間在魔獸森林中總是一身泥土與草汁的孩子們來說，能夠洗得一身乾淨，還有新衣服穿，已讓他們感到很高興了。

二人興沖沖地把身上的髒污洗乾淨後，揚開摺疊得整整齊齊的新衣服，興奮的表情卻在看到新衣的剎那僵住了。

「沈夜哥哥……」路卡虛弱地喊了聲。

「嗯？」

「這是裙子……」

沈夜笑咪咪地頷首：「是裙子沒錯。」

見少年一副理所當然的模樣，好像男生穿裙子是很正常的事，路卡一時不知該說什麼才好，阿爾文卻已忍不住高聲抗議：「我不穿！我們又不是女生！」

沈夜早已猜到他們會反抗，阿爾文的話一出，少年已衝到他身前用力戳著他的額頭：「我說你們是女生，你們就是女生！你當那些追捕你們的殺手都是白痴嗎？他們一定已在城鎮出入口布下眼線，專門留意是否有兩名落單的貴族男孩進城。假如你們不變裝，只怕剛進城，殺手隨後就到！」

阿爾文摀住被戳得發紅的額頭，雙目眨也不眨地盯著連身裙瞧，眼神充滿不爽與屈辱。

「可惡！回到皇城後，要是被我查出到底是誰對我們出手，我一定要讓對方不得好死！」阿爾文嘴巴說著狠話，一邊把洋裝往身上穿。

聽到男孩的咒罵，沈夜微微勾起嘴角。這孩子雖然待人冷冰冰，說話囂張又不留情面，卻是個愛恨分明的人。

就如這一次，男孩的怨恨準確地針對事情的罪魁禍首，並沒有如一般小孩，因爲不喜歡便忽視別人的善意甚至扭曲。也不枉他一番苦心，努力想要改變他們的命運了！

沈夜對兩名小孩愈發在乎的同時，原本對沈夜抱持著懷疑的阿爾文，也在不知不覺間接納了他。

其他的不說，就說這次沈夜獨自進城一事。依照阿爾文謹慎的性格，如果沈夜沒獲得他的認同，阿爾文絕不會將存放他們全副身家的空間戒指交給沈夜，並且讓他獨自帶著戒指離開。

其實雙方都未察覺到的時候，彼此之間的牽絆早已存在。

路卡見兄長臭著一張臉穿上裙子，便知道自己即使抗議也沒有用，只得乖乖照沈夜的意思做。

阿爾文和路卡換上女裝後，沈夜便從空間戒指裡取出兩頂分別綴著絲帶花與蝴蝶結的帽子讓兩人戴上。

兩名可愛小蘿莉新鮮出爐！

小孩子的皮膚本就比成年人細嫩，再加上兩名小皇子平常過著養尊處優的生活，皮膚比一般女孩更為水嫩；兩人這個年紀身子還未長開，臉上略帶可愛的嬰兒肥，更是完全讓人看不出絲毫破綻。穿成這樣子，說他們不是女生也沒有人相信！

二人忸怩的神態看得沈夜暗自好笑，尤其阿爾文那副小大人模樣，現在把他打扮成女孩，讓沈夜生出一種惡作劇的快感，老實說還滿爽的。

感受到沈夜促狹的視線，阿爾文惡狠狠地質問：「看什麼!?」那神情活像個被人調戲的傲嬌女。

但沈夜早就對阿爾文凶狠的眼神免疫了，更何況現在對方的穿著，實在很難讓人覺得害怕。只見沈夜笑嘻嘻地回答：「看我的小公主啊！」

路卡噗哧笑了出來，隨即慌忙摀住嘴巴，向兄長投以抱歉的眼神。

阿爾文氣得牙癢癢，卻拿這兩人無可奈何。

偏偏沈夜還要火上加油說道：「對了，還要替你們取個女孩的名字，現在繼續稱呼你們的本名並不合適，很容易引起敵人的注意。」

雖然沈夜毫不掩飾捉弄他們取樂的心思，但少年說的話卻合情合理，阿爾文二人也沒有反對的理由，只得怨念往肚裡吞，還要替自己想出一個女孩名……他可不敢把這命名權交給沈夜，誰知道這個人會取什麼怪名字？

「簡單一點就好，也免得不小心喊錯。路卡化名『小露』，我則是『亞玟』好了。」阿爾文連忙說道。

沈夜點點頭，隨即詢問：「我們認識也有幾天了，現在可以告訴我你們的身分，以及爲什麼被人追殺了吧？」

說罷，沈夜略帶緊張地看著兩人。

沈夜雙目中洩露出來的緊張並不是裝的。雖然他早就知道這些問題的答案，但這卻是沈夜對兩個孩子的最後試探。

如果他們眞的信任沈夜，自然會把事情全盤托出。如此一來，沈夜也願意付出他的眞心，護這兩名孩子周全，並想辦法讓他們避過未來的重重劫難。

可是，假如在共同經歷生死後，他們仍舊對自己有所保留，那沈夜便不會選擇去蹚皇室紛爭這渾水了。

屆時，沈夜仍會把他們安全送回皇城，可是之後少年便會離開，也算盡了這幾天相處的情誼。

沈夜清楚知道，兩名小皇子往後還會遇上許多困難，他願意幫助他們，但首先要取得兩人全心全意的信任，不然也只會添亂而已。

聽到沈夜的疑問後，路卡以詢問的目光看向一旁的兄長，長長的眼睫毛眨啊眨，煞是可愛。

阿爾文猶豫片刻，便解釋：「其實你聽到我與路卡的名字時，應該已經猜到一些了吧？路卡是艾爾頓帝國的皇儲，而我則是父皇的養子。出遊時遇上襲擊，身邊的人都被殺害，然後在魔獸森林逃亡時遇上你……」

「你們忘記了嗎？我本就不是這個大陸的人，即使知道你們的名字，也無法聯想到什麼相關資訊。」沈夜並沒有忘記自己的背景設定，笑道：「我大致明白事情的始末，對於想要殺害你們的人，你有頭緒了嗎？」

對阿爾文的信任感到欣慰的同時，沈夜不禁懷疑剛剛阿爾文的話，是否又是一次對他的試探？

少年發現人真的還是不要說謊得好，一個謊言之後，需要更多謊言來掩蓋真相，眞的好累啊！

聽到沈夜的詢問，阿爾文想了想，說道：「最大的嫌疑人自然是我們的舅舅。我們避暑的莊園就是他的領地，這次行程也由他一手安排。不過我想不出他有什麼殺害我們的理由。」

沈夜聞言不禁點頭，心想阿爾文年紀雖小，思路可是清晰得很呢！

在腦中組織了下言語，沈夜便試著引導孩子：「我也不認爲這次的事情是你們的舅舅所策劃。身爲外戚……就是指你們母后那邊的家族啦。外戚想要過得好，主要是倚仗皇后與路卡。要是這次刺殺的目標只有阿爾文一人，或許他是害怕你長大以後會成爲路卡的威脅。但殺手的目標是你們兩人，那應該不會是你們的舅舅所爲了。」

見兩個孩子認同地點點頭，沈夜續道：「仔細想想，你們這次出遊，知道行程的人應該不多。換句話說，這次的事件你們可以從內奸方面著手。還有想一想，要是兩名皇位繼承人都在這次遇襲中身亡，誰會是最大的獲益者？」

不只阿爾文，就連路卡也立即得出答案，異口同聲說道：「傑瑞米親王／傑瑞

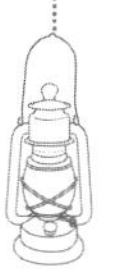

米皇叔！」

路卡說罷，有些不滿地告誡兄長：「父皇說我們要叫他皇叔的，皇兄你這樣被父皇聽到的話又要挨罵了。」

阿爾文伸手按住弟弟頭上的帽子，故意把帽子壓下：「我討厭他。」

說罷，看著被帽子遮住視線的路卡大聲抗議，阿爾文露出惡作劇的笑容，把弟弟的帽子再度壓下幾分。

沈夜拍開阿爾文的手，幫路卡扶正帽子，才告誡道：「這件事情你們心裡有數就好，既然他膽敢派人行刺你們，就必定有辦法撇清自己的嫌疑。即使你們把事情鬧大，只怕弄巧成拙。沒有眞憑實據的指控，反而容易打草驚蛇。回到城堡後，你們就繼續裝糊塗吧。這次刺殺失敗，應該能夠讓傑瑞米親王安分一段日子。」

兩名孩子也覺得少年的話有理，鄭重地頷首答允下來。

被孩子們認眞聽話的模樣取悅，沈夜不禁勾起嘴角。心想不愧爲自家的兒子們，又聰明又聽話又乖巧！

略微猶豫後，沈夜決定還是不告訴阿爾文他們，艾爾頓帝國的皇帝將在不久後因病駕崩。

皇帝先天體弱，他的死亡是天命，並非沈夜出手便能夠避免的意外。即使預先告訴阿爾文二人也於事無補，反而白白惹人猜疑。

這個世界信仰著創世神，還有魔鬼一說。他可不希望因爲穿越的特異而被視爲異端，然後被施以火刑！

在地球時沒被燒死，卻在穿越後因爲多嘴失言而被ＢＢＱ，想想就覺得很冤枉啊！

於是再三思考後，沈夜只得把皇帝的事擱在心底。老實說，這種知道未來走向、卻又不能干預與明說的情況，實在不是一件愉快的事情。

尤其這事涉及兩名孩子親人的生死，更讓沈夜感到不自在。然而沈夜並不是個愛心氾濫的老好人，因此只能在心裡暗自對路卡他們說聲對不起了。

□

兩名小男孩化身成小蘿莉後，沈夜有足夠的自信，就算現在兩人大搖大擺走在大街上，也不會有人注意到他們是尊貴的皇子。

因此這次沈夜把兩人裝扮一番後，便帶他們進城。果然除了因為孩子粉妝玉琢而引起一些注視外，三人便再也沒有引起任何不必要的注目。

進城後，三人首先到旅館租了一間房。隔了這麼久，終於能夠躺上軟綿綿的睡床，兩名孩子皆激動不已。雖然旅館房間遠遠比不上他們在城堡時的華麗，但對此刻的路卡與阿爾文來說，這裡的居住環境已經稱得上「優越」了。

雖然沈夜他們根本不缺錢，一人租住一間高級套房也絕對沒問題，可是為了不惹人注目，沈夜還是選了間普通雙人房。他睡一張床，兩個孩子睡一張。

在餐館吃了頓豐富的晚餐後，三人便回到房間梳洗。過了這麼久，終於能舒舒服服地沖一次熱水澡，簡直有種重獲新生的感覺。

在森林裡尚且不覺，現在有了舒適的床鋪，一躺上床，沈夜便覺得這段時間累積的疲倦襲捲而至，眼皮立即變得沉重。

當沈夜正要閉目安歇時，卻見兩個孩子站在床頭，欲言又止地凝望著他。兩雙眼瞳在漆黑的房裡映照出窗外的月光，就像四顆晶瑩的寶石。

「怎麼了？」沈夜奇怪地看著一臉羞澀的阿爾文二人，少年從睡床上撐起上半身，強忍著睡意詢問。

詢問的同時，沈夜不禁好奇兩個孩子找他有什麼事。小路卡就算了，阿爾文這段時間雖然變得比較活潑，卻很少露出這種吞吞吐吐的神情。

而且小孩子的體力不是比較差嗎？他都已經倦得眼睛快睜不開了，這兩個小鬼卻還是一副精神奕奕的樣子？

難怪別人總是說，養小孩是挑戰人類極限的體力活。現在榮升奶爸的沈夜切身感受到了。

見沈夜頻頻打著呵欠、一臉渴睡的模樣，路卡猶豫片刻，還是忍不住說道：「沈夜哥哥，你今天還沒說故事。」

沈夜一拍額頭，他竟然把這事給忘了！

隨即發現兩個孩子竟然赤腳站在床旁，旅館的木質地板每到晚上總是散發陰寒的濕氣。見狀，少年連忙催促：「我知道了！你們快點乖乖回到床上，我再給你們

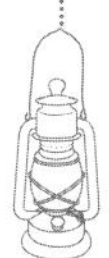

說故事！」

獲得沈夜的答允，路卡與高采烈地爬回睡床上。阿爾文則為少年那哄小孩的語氣撇了撇嘴，但最終仍依言返回床上。

其實阿爾文很想告訴沈夜，他與路卡從小就鍛鍊劍術，即使是小路卡，體能也比手無縛雞之力的普通人來得好，這點濕氣對他們來說，根本微不足道。

看到沈夜赤腳跳至地面時，阿爾文忍不住說道：「你還好意思說我們，你不也這樣做嗎？」雖然男孩語氣惡劣，但誰都聽出裡面包含的關懷。

沈夜赧笑著套上床邊的鞋子，心裡美孜孜地想著兒子眞是愈來愈體貼，懂得關心他了呢！

沈夜走到兩個孩子的床邊坐下：「今天跟你們說個《小紅帽》的故事……」

很快地，兩個孩子便被沈夜的故事吸引，沉醉在小紅帽的世界中。因老婆婆與小女孩被野狼吞進肚子而難過，也為獵人的出現而歡呼。

每多聽一個沈夜所說的故事，阿爾文便對這名少年增添一分好奇。

大陸上流傳的故事，全都是史詩式的歷史記載，大多歌頌英雄功績。而沈夜說的這種簡單且充滿趣味、同時寓意深遠的故事，卻是阿爾文前所未聞。

雖然阿爾文覺得故事中有很多不可思議的地方，例如人被野狼吃掉了，怎麼還能活著出來？又例如他們爲什麼那麼麻煩地把石頭縫進狼肚？直接把狼殺掉不就好了嗎？

不過，縱使這些故事情節太過誇張，卻無損它天馬行空的趣味性。

一如以往，沈夜會先詢問孩子們對故事的意見，再做出總結：「森林裡住著各種野獸，小紅帽單獨進入森林這種舉動實在太冒險了。她可以找成年人陪同，而不是獨自進去。另外，這個故事也告訴我們，敵人不一定會把猙獰的一面展露出來。有時候他們會裝成親人朋友，在我們放鬆戒備時露出獠牙，就像故事中的野狼。在背後捅的刀子，往往才最讓人防不勝防。」

阿爾文與路卡專心聆聽著沈夜的講解，這兩名聰慧的孩子早在一開始便已發現沈夜說的故事裡，總是帶著令人深省的寓意。

對於已經開始接觸政治課題的阿爾文來說，沈夜教給他們的東西，其實皇室的教育課程裡也有，只是皇室那一套嚴謹的教學方法，遠不及沈夜所說的故事那麼通

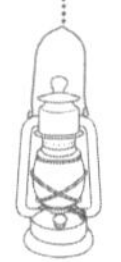

俗易懂。

阿爾文還發現，沈夜一身的學識更令人驚歎。旅程中，少年告訴他們白雲是怎樣形成、天空爲什麼會下雨、地底怎麼會有岩漿……沈夜甚至還會出一些功課，讓他們觀察、親自去證明答案。

沈夜說這些是在他的家鄉裡，名爲「幼稚園」的地方用來替孩子們啓蒙的教學方式。

沈夜還告訴他們，只要細心留意，這個世上處處皆有學問。阿爾文覺得沈夜彷彿什麼都知道、什麼都能說出一番道理。如果公開這些學問，只怕沈夜完全夠資格開創一個新學派了！

然而沈夜卻只是輕描淡寫地說，這些阿爾文他們覺得驚人的學問，在他的家鄉只是所有孩子都要學習的啓蒙課程。在阿爾文旁敲側擊下，他甚至知道在沈夜出生的城市中，每個人都能讀書識字！

所有人都能掌握知識，這到底是什麼概念？難道那個國家的皇室與貴族不會擔心人民叛變嗎？

當阿爾文提出這個疑問時，沈夜更拋出一個令人震驚的答案！

少年說：「我們的國家沒有皇族。」

阿爾文被沈夜的話震驚得說不出話來。

不過，或許正因為沈夜來自一個自由的國度，他才會如此與眾不同。沈夜能夠不在乎他們的皇子身分，且待人處事透露著真誠，善良得彷彿他的人生中從未經歷過戰火與殺戮。

阿爾文真的很好奇這麼乾乾淨淨的一個人，這些年來到底是過著怎樣的生活。經過這段時間的相處，不可否認他們都不由自主地被沈夜吸引，也願意對這名神祕少年付出對別人所沒有的信任。

也許在一開始，沈夜是因為他們是卦象中所說的「貴人」，才對他們這麼好。但阿爾文很清楚，沈夜對他們的喜歡全都是真心實意。在這名少年的眼中，他們並不是徒具「皇子」身分的人，沈夜把他們視為家人般悉心照料與教導，那種自然不做作的相處，讓他們感到非常溫暖與眷戀。

Chapter 6 捕奴隊

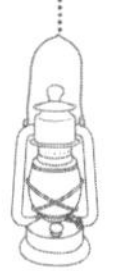

一夜好眠。第二天一早，沈夜迷迷糊糊之中，便感到一個軟綿綿、小小的身子鑽進他的被窩裡，隨之而來的還有路卡稚嫩的嗓音：「沈夜哥哥，起床了！太陽都出來了啦！」

不同於習慣清晨練習劍術的兩名小皇子，沈夜總喜歡睡到肚子餓得受不了才起床。阿爾文很看不慣少年賴床的習慣，每天練習劍術完畢後，便會指使弟弟去把人弄醒。

「唔……三分鐘……讓我再多睡三分鐘……」沈夜一個翻身，便把在被窩動來動去的小孩拉進懷裡，手腳像八爪章魚把路卡當作抱枕般圈抱住。看到沈夜睡迷糊的有趣樣子，路卡一邊把頭往少年懷裡鑽，一邊咯咯直笑。

阿爾文看得嘴角直抽，一把拉開旅館窗簾。刺目的陽光頓時照亮房間內，沈夜慘叫一聲，立即把被子拉起來蓋過腦袋。

看著床上蠕動著的「蟲蛹」，阿爾文忍不住用劍鞘戳了戳睡床上的凸起物。心想這個少年照顧他們的時候，看起來像大人般可靠。但每天早上賴床時，卻比五歲的路卡還要幼稚。

其實沈夜早就醒過來了，但習慣性總要在床上躺一會兒。感覺到有硬物戳他的後腰，少年知道再不起來阿爾文便要發火了，只好不情不願地爬起床。

看著沈夜睡眼惺忪地「飄」去梳洗，路卡則在床上跳啊跳地玩得不亦樂乎，阿爾文揉揉太陽穴，已經懶得叨唸他們了。

不知道路卡回到城堡後，禮儀老師看到他時會不會哭呢？

沈夜梳洗完畢，剛從洗手間出來，便看到阿爾文那副無奈的神情。他笑了笑，上前揉揉對方的頭髮，道：「小路卡近來活潑多了，這樣才像個五歲的小孩子。看到他那麼高興，阿爾文你不開心嗎？」

阿爾文因爲沈夜的問題而苦惱糾結，心想路卡這樣是不對的，可是看著弟弟笑得自由自在的樣子，卻又不忍心責怪他。

阿爾文長得很好，長大後會是個英俊的美男子，可是這個年紀卻只能以可愛來形容。尤其現在認眞思索的模樣，更有著一種反差萌。

見阿爾文苦著一張粉妝玉琢的小臉，沈夜立即心軟了，放柔聲調地哄他：「出門在外不用太講究，這段期間就讓路卡開開心心去當個普通的小孩子吧，好嗎？」

阿爾文沉默半晌，默默點點頭。

沈夜忍不住再次伸手揉了揉男孩軟軟的頭髮：「乖。」

相較於阿爾文因爲沈夜這個動作而一臉黑線，在睡床上跳得不亦樂乎的路卡，看到沈夜的動作後立即跳回地上，叭噠叭噠跑到少年面前仰起了臉，大大的眼睛眨啊眨，期待地看著沈夜。

沈夜忍俊不禁地伸手，摸摸路卡的小腦袋：「路卡也乖。」

看到自家弟弟因沈夜的動作，露出一副呆萌的笑容，阿爾文假咳了聲，把話題岔開地詢問：「我們接下來應該怎麼辦？」

聽到阿爾文談及正事，沈夜立即認眞起來，就連小路卡也乖乖地正襟危坐，氣氛頓時變得肅穆無比。

沈夜提議：「經過觀察，你們的變裝非常成功。如此一來，我們在城鎮的安全便有了保障。我仔細想過，與其就這樣趕至皇城，倒不如去找個値得信任，且在殺手的威脅下有足夠能力保護你們的人或勢力，讓他護送你們，豈不是更加穩妥嗎？」

在重大事情的商量上，沈夜會把阿爾文與路卡放在與他同等位置一起商量，並未因爲他們是小孩子，就自顧自地做出決定。

沈夜來到這個世界後最重要的目標，並不是像一般穿越小說的主角那樣，想要利用現代的知識來發家致富，更不是想要統治世界。他只是想要改變這兩個孩子原本悲劇性的命運。

可是改變命運，卻不是一件簡單的事。沈夜可以讓他們避過危險，可是危險的源頭依然存在，並非躲過這次危機便能夠安枕無憂，需要一次次轉變，才能眞正讓阿爾文與路卡脫離命運原本的軌跡，開創出新的道路。

因此，沈夜不會放過任何教育孩子的機會。因爲他很清楚，只有他的介入是遠遠不夠的，想改變命運，最重要的還是當事人自身的努力。

只見路卡聽到沈夜的詢問後，便苦著小臉認眞思索起來。期間，沈夜與阿爾文也很有默契地沒有打斷孩子的思考。良久，路卡雙目一亮，道：「那我們可以找這座城鎮的城主？城主大人可以派士兵保護我們。」

沈夜搖搖頭，微笑著解釋：「我相信前來刺殺你們的刺客一定都是最頂尖的菁英，守城的衛兵不足以對抗他們。而且……誰知道這裡的城主會不會早已被人收買，淪爲幕後主使的人馬呢？」

聽到沈夜的解釋，路卡點點頭表示明白，再度苦苦思索起來。阿爾文則打破沉默：「離這裡約有一個月路程的千帆城裡，有個不錯的人選。那個人是魔法公會的人，與父皇是讀書時期便認識的至交好友，絕對信得過。」

身爲故事作者的沈夜，在聽到千帆城、皇帝的兒時好友等資訊時，立即聯想到阿爾文所說的人是誰。

那個人是每年這段時間總會前往千帆城出席年度拍賣會，同時也是魔法師公會副會長的布倫丹。

沈夜記得布倫丹在故事中出場時，已是魔法師公會的會長了。貴族出身的布倫丹，除了擁有一支實力不俗的親衛隊，本身更是實力高強的大魔法師。最重要的是，他是皇帝學生時期便熟識的好友，視阿爾文與路卡如兒子般疼愛，是絕對可以安心信賴的人。

既然決定了未來去向，三人依靠變裝的奇效蒙混出城，在經過有傭兵公會駐點的城鎮時，還聘用了一隊傭兵團護送。一個月後，他們無驚無險地來到位處海邊的千帆城。

這是兩名小皇子首次看到大海，在旅館租了一間房後，他們便興高采烈拉著沈夜到海邊玩耍。無論是一望無際的海洋，還是宏偉壯觀的船隊，對兩名孩子來說都是非常新奇的事物。

直至太陽下山，已玩瘋的阿爾文兩人這才稍作休息。此刻兩個孩子身上盡是海水與沙礫，看起來就像兩隻掉進泥濘的野猴子。

要是讓宮廷的禮儀老師看到兩名皇子殿下此刻的模樣，一定會嚇得暈倒。不過沈夜卻覺得這樣很好，畢竟小孩子嘛，還是活潑點比較好。看看阿爾文先前被皇室那些規矩調教成什麼樣子？呆呆的沒有一點人情味，遠遠不及現在可愛。

雖然沈夜明白他們生爲皇族，很多事情都是身不由己，可是至少在這段時間裡，他希望能夠讓兩個孩子放縱一下，感受到身爲孩子應有的快樂。

至少在他們長大成人後回憶起來，童年時光也不會只有一片灰白。

三人來到千帆城的時間比想像中來得早，還有一個多星期拍賣會才會舉行，此時布倫丹應該仍未抵達千帆城。

雖然布倫丹在千帆城有一座莊園，但沈夜並未帶著兩名小皇子直接到莊園拜訪。畢竟以布倫丹的身分，並不是閒雜人等想見便能見到的。平常來巴結他的人實在太多，對此煩不勝煩的布倫丹早已放過話，除了相熟的親友外，若其他不相關的人來打擾他，便要有被毒打一頓後丟出去的心理準備。

莊園的下人並不認識阿爾文與路卡，要是他們直接前往莊園，勢必要告知對方兩名皇子的身分。

再加上他們相信的只有布倫丹一人，對於他的僕役卻無法百分之百信任。萬一事情走漏風聲，又或者哪個下人是敵人安插進去的探子，到時候他們就眞的欲哭無淚了。

對於貴族之間的齷齪事，沈夜並非一無所知。在僕役中布置眼線最爲常見，有時候看起來忠心的下屬、一往情深的情人，都有可能是敵人安插進來的人。因此沈夜寧可麻煩點，也不希望招惹任何危險。尤其在被追殺的敏感時期，行事必須小心再小心。

因此三人商議後，決定這段時間先住在旅館，靜待接近布倫丹的機會。

沈夜一臉黑線地看著眼前的兩隻泥猴子良久，隨即揉揉太陽穴，輕輕嘆息。雖然在空間戒指裡存放著幾條備用的新裙子，可是沈夜擔心在換衣服時會被人看出端倪。因此雖然知道阿爾文與路卡渾身泥污一定很不舒服，沈夜還是用毛巾替他們簡單抹乾身子後，要求二人先忍耐一下，回到旅館再梳洗更衣。

就在沈夜牽著兩隻泥猴子返回旅館時，一列車隊正好經過，行人們皆紛紛走避。沈夜見狀，也立即牽著孩子們走到路旁，讓車隊先行通過。

當車隊經過時，沈夜三人好奇地觀察著這隊人數足有上百人的大型車隊。只見馬車上拖著一個個大型籠子，每個籠子裡關著十多個衣衫襤褸的孩童。

這些孩子最大的有十三、四歲，最小的看起來不過六歲左右，全都是已經懂事、可以開始工作的年紀。這些孩子大部分都是有著黑色皮膚的德克人，但也有一些是白色皮膚的帝國人種。沈夜只看了一眼便判斷出，這是支押送奴隸至市場販賣的車隊。

德克人的外貌酷似地球上的黑人，他們有著棕黑色的皮膚、魁梧的高大身材，是在沿海地區肆虐的可怕民族。

傳說德克人的祖先本來生活在海洋的另一邊，因爲火山爆發頻繁，居住地屢屢被毀。後來實在沒辦法活下去了，便決心越洋過海尋找新土地。結果其中一支船隊成功越過無盡之海，自此以後，這些德克人便以海盜爲業，成爲沿岸地區令人聞風喪膽的存在。

沈夜設定「德克」這個種族時，容貌參照了非洲地區的黑人，背景則以維京人爲藍本。雖然知道德克人全是殺人無數的凶狠之徒，但小孩子何其無辜？看到那些如牲畜般被人囚禁籠內販賣的孩童，沈夜忍不住皺起眉頭，心裡感到一陣不快。

不同於淪爲戰俘的德克人，其他孩子大都是被父母狠心賣掉、又或者因家裡惹上麻煩而受牽連。

奴隸是很殘忍的制度，主人可以任意打罵買來的奴隸，甚至殺死他們也不會惹人話柄。奴隸是主人的私有財產，生下來的子女也生生世世爲奴。

察覺到這是一支販賣奴隸的車隊後，沈夜覺得這一幕太過黑暗殘酷，並不適合讓孩子們目睹，正想帶阿爾文他們走往他路，避開這支招搖過市的隊伍。然而少年猶豫片刻後，最終打消這個念頭，牽著兩名孩子繼續站在原地。

兩名孩子在關著奴隸的囚車經過時，不由得驚奇地多看了幾眼，路卡更是忍不住詢問：「沈夜哥哥，爲什麼這些哥哥、姊姊要被關在籠子裡？」

沈夜並沒有因爲詢問的人是小孩子而有所避忌，也不理會路卡他們能聽懂多少，他把什麼是奴隸，以及這些孩子爲什麼被當作牲畜般販賣的原因如實相告。

路卡的年紀太小了，對於沈夜的話一知半解，只知道這些哥哥、姊姊很可憐，要離開家裡到別的地方工作，從此不能回家。

但對阿爾文來說，他的感觸比路卡深得多。雖然阿爾文早已知道奴隸的存在，甚至在城堡裡工作的僕役們，全都是由世代忠於皇族的奴隸所生，身負奴籍的「家生子」。

可是阿爾文印象中的奴隸，都是穿著整潔的工作服、努力工作的光鮮一面，因此在男孩心目中，他從來不覺得身爲奴隸有多悲慘。

現在親眼看到那些像低賤家畜般被人隨意販賣的孩子，阿爾文被眼前的情景震撼到了！

原來……這就是現實中的奴隸嗎？

捕奴隊自然不知道兩名小皇子的感受，車隊依舊不疾不徐地前進。一輛囚車與沈夜等人擦身而過之際，突然間狂風大作，囚禁著數名孩子的囚籠頓時四分五裂，隨即地面更出現數道劃痕，這些劃痕還直往旁邊迅速延伸！

有一些看不見的東西，在毀壞囚車後朝路邊而去，而此時，沈夜三人正站在劃痕蔓延的方向上！

幾乎是自然反應，當沈夜感到危險的瞬間，他便立即轉身將阿爾文與路卡緊抱懷裡，用自己的身體來護住他們。

沈夜感到身旁掠過一道猛烈的強風，還沒弄清楚到底發生何事，便見身旁的地面也劃出一道痕跡。要是這股力量再偏移兩寸，他的身體就要一分爲二了！

此時，沈夜終於察覺到差點害死他的，到底是什麼。

這是魔法！

實在不怪沈夜的反應慢，畢竟少年從未接觸過魔法，再加上風刃無形無態，在沈夜眼中，無論是囚車突然「散架」，還是地面出現劃痕，都讓人感到莫名其妙。直至風刃與他擦身而過時，那股強烈的勁風才讓沈夜反應過來。

雖然沈夜幸運避開被風刃斬中的命運，可是四散的木塊卻有不少打中少年的背部，強大的衝擊力令沈夜痛得幾乎暈過去。

被連串變故嚇得驚住的阿爾文與路卡二人，聽到沈夜的痛哼聲後才清醒過來。路卡「哇」地一聲哭了出來，阿爾文則露出複雜神情，伸手按了掛在脖子上用來保命的魔法吊墜，隨即一道光盾便包圍三人，保護他們不再受飛濺而來的木塊傷害。

捕奴隊的人或多或少也有些自保實力，只見魔法盾與鬥氣接連發動，結果這些最接近囚車的捕奴隊人員都安然無事，反倒有幾名行人遭誤傷。所幸殺傷力強大的風刃並未擊中他們，雖然有幾人傷勢較重，卻不足以致命。

風刃與木塊橫飛的狀況沒有持續太久，很快便沉寂下來，只剩下一眾傷者的呼痛聲。

雖然危機已經解除，但沈夜依舊維持抱住小皇子們的動作。只因他一動便立即牽動背部傷口，頓時痛得他眼前金星直冒，再也不敢亂動。

「沈夜哥哥，你勒得太緊了……」路卡帶著哭腔的幼嫩嗓音傳來，沈夜咬咬牙，才忍著痛楚鬆開抱住兩人的雙臂。

路卡看到沈夜的額上滿是冷汗，臉色也因劇痛變得煞白，這才察覺到少年的狀況不對勁。

阿爾文則在沈夜鬆開自己後，連忙察看少年的傷勢。只見沈夜背部的衣服已被鮮血染上一片血紅，阿爾文小心地掀起衣服一看，發現對方背部的傷口竟殘留大量木屑。

因爲阿爾文反應及時，迅速用魔法吊墜打開光盾護住他們，因此沈夜的傷口看起來雖血肉模糊得嚇人，但其實只是些皮肉傷，沒有傷及筋骨。休息片刻後，沈夜已能忍住疼痛慢慢站起身。

此時，趁混亂四散逃走的奴隸已被捕奴隊逐一抓回，其中一名與阿爾文年紀相彷的小女孩被男子抓住，拖行至捕奴隊首領面前：「頭兒，就是這個丫頭使的風刃！」

捕奴隊的首領是個高大的棕髮劍士，他打量小女孩片刻，挑了挑眉：「我記得妳，妳是那個在德斯蒙得法師家裡偷竊，被逮住後轉賣到我們這裡的下人。想不到竟還有點本事，眞不愧是德斯蒙得法師家裡調教出來的。」

聽到首領滿是嘲諷的話語，女孩小聲反駁道：「我才沒有偷竊……」

首領自然不信，何況眞相如何他並不在意。難道確定小女孩是無辜後，他便會把人放了嗎？這孩子可是他眞金白銀買回來的，現在就等著轉手賺上一筆。

何況這女孩還懂一些低階魔法，而且長相不賴，實在給了他一個意外之喜。說不定能憑著「魔法師女奴」這個稱號，將這個女孩賣出天價呢！

如果不是衝著這孩子能賣出好價錢的份上，光是她剛剛妄圖逃跑一事，首領早已把她宰掉以殺雞儆猴了。

聽到女孩與那名棕髮劍士的對話，被兩名孩子攙扶著正要離開的沈夜，前進的腳步倏地停了下來。只因沈夜忽然想到剛剛小女孩的逃跑，以及棕髮劍士與女孩的對話，為什麼會給他一種難以言喻的熟悉感了！

這這這這個女孩，是刺客之王伊凡的妹妹！

就像所有小說一樣，主角在大結局與終極大BOSS對決前，成長之路上總會遇上各式各樣的小BOSS。

沈夜也爲筆下的這本小說，安排了「伊凡」這個刺客角色。而伊凡正是所有小BOSS之中，最強大的存在！

伊凡這名天才刺客，因爲小時候曾被傑瑞米所救，同時也因唯一的親人被虐殺至死，所以完全黑化；之後，他便成爲傑瑞米手下最銳利的一把利刃，是終極大BOSS傑瑞米最忠心耿耿的部下。

伊凡不但多次救了傑瑞米的性命，還暗殺不少與傑瑞米敵對的人，甚至連阿爾文也差點命喪他的手下。

當年年幼的伊凡之所以差點被殺，最終又被傑瑞米所救，便是因爲這個小女孩的緣故。

這女孩名叫賽婭，本是大魔法師德斯蒙得的奴隸，因從小有著極高的魔法天賦，滿五歲後便被德斯蒙得留在身邊，名義上是貼身侍女，但其實德斯蒙得一直把女孩當作弟子培養。

原本德斯蒙得對賽婭的天賦很滿意，甚至已經想讓她脫離奴籍，正式收她爲徒。然而某一天，賽婭誤打誤撞之下，找到一個能夠吸取更多魔法元素、嶄新的冥想方法！

要知道除了能夠無時無刻自主吸收魔法元素的魔導士以外，利用冥想來吸取天地間的魔法元素，是下至魔法學徒、上至大魔法師每天的必修之課。

然而現在賽婭發掘出更棒的冥想方法，若不公開，便代表唯一懂得這冥想法的人，將有著超前別人的優勢；公開此法，那麼無以數計的人情利益將隨之而來，所有魔法師都要承她的情，是個足以名留青史的偉大發現！

當德斯蒙得證實賽婭所發現的冥想法可行以後，經過最初的激動與興奮，隨之而來的便是無法遏止的貪念。

最終，德斯蒙得將賽婭的發現據爲己有，並且以賽婭偷竊爲由，將她轉賣給捕奴隊。

其實當時德斯蒙得本想斬草除根、直接殺死賽婭。然而他卻是一個非常愛惜名聲的人，待德斯蒙得把新的冥想方式公開後，便成爲魔法界新貴，一舉一動自然也被眾人所注視。雖然殺掉一個奴隸不會有人說什麼，但賽婭年紀小，做得太絕終究對他的名聲不好。

德斯蒙得思索後，決定先把賽婭以竊盜的名義送走，待她離開眾人的視線，再找人偷偷將女孩解決掉。

反正他只教導賽婭冥想的方法，以及一些簡單的魔法知識，諒她一個小女孩也鬧不出大風波。

即使賽婭說出眞相，人們會相信他這名偉大的魔法師，還是一個低賤的奴隸？答案顯而易見。

而事情也如同德斯蒙得的猜想，誰都不會在意一個因犯錯而被賣掉的小侍女。除了一個人，便是賽婭的哥哥伊凡。

賽婭與伊凡原本擁有顯赫的貴族血統，卻因家族沒落而與兄長雙雙淪爲奴隸。後來年幼的他們，在奴隸市場被德斯蒙得看中並購買回去。賽婭因爲出色的魔法天賦而被德斯蒙得收爲貼身侍女，被教導魔法知識；伊凡則接受暗殺的訓練，小小年紀手上已有數條人命。

伊凡不相信妹妹會偷竊，在得知賽婭的去向後，便找了個機會偷偷尾隨而去。由於伊凡與賽婭在奴隸市場時是分開販賣的，因此德斯蒙得根本不知道他們是親兄妹，在沒有防備下，便讓伊凡輕易離開了。

還有一點德斯蒙得有所不知，賽婭雖然才學會冥想不久，可是聰慧的她早已記下風刃的元素排列，再結合自身的感悟，在即將再販為奴的時刻，竟在這劣勢下激發潛能，成功使出風刃術逃跑！

此刻，被捕奴隊捉回的賽婭，臉色蒼白地動也不動，看起來好像魔力枯竭、再也使不出任何魔法的樣子。可是沈夜知道，其實賽婭還留有發放一枚風刃的力量。

正因在小說中，賽婭突然發難，用風刃斬下捕奴隊首領的手臂，才會被捕奴隊的人當場斬殺！

當伊凡隨後趕到時，獲得的卻是妹妹的死訊。

這個年僅八歲的男孩，發狂般拿著匕首殺進捕奴隊的模樣，正好被傑瑞米看到。傑瑞米欣賞他的勇猛與殺人時的狠勁，最終出手將男孩救下並帶走。

成為傑瑞米的部下後，伊凡從未忘記替妹妹復仇。在他長大後屠殺整支捕奴隊的同時，也仍然記著當年賽婭因竊盜這個名義被販賣的疑點。

在伊凡鍥而不捨地追查下，終於查出是德斯蒙得法師奪走了賽婭的成果，最後更因一己之私而害死了賽婭。

擅長鑽營的德斯蒙得，利用新式冥想法獲得不少好處與名氣，在伊凡得知眞相時，他已經成爲宮廷魔法師，成爲阿爾文的屬下。

於是妹妹賽婭的仇，再加上傑瑞米的救命之恩，把伊凡徹底推上與阿爾文不死不休的局面！

一想到這裡，沈夜詢問攙扶著他的男孩：「阿爾文，等一下如果有需要，你可以借些錢給我嗎？」

阿爾文對於沈夜突如其來的要求摸不著頭緒，但自從沈夜兩次豁出性命保護他們兄弟後，沈夜在阿爾文心目中的地位已經「蹭蹭蹭」地躍升，成爲與父皇及路卡一樣重要的人。

對於沈夜這種小要求，阿爾文當然不會拒絕，輕易便答允下來。而且阿爾文也很好奇，沈夜到底想借錢做什麼？這段時間裡，身無分文的沈夜多次用他們的錢來買東西，但買的全都是旅途所需的生活用品。可是聽沈夜這次的語氣，他借錢要買的似乎是私人物品？

獲得阿爾文首肯，沈夜吸了口氣，忍著背部的痛苦大喊：「等等！」

捕奴隊的成員看過去，發現說話的是個受傷的平民，以為沈夜是想要向他們索取賠償，不禁冷笑起來。

一些好心的民眾則上前勸阻：「小兄弟，算了吧。遇上這些事也只能自認倒楣，你還是快點回家去處理傷口吧！」

沈夜聞言哭笑不得：「謝謝各位的好意，但大家誤會了，我是想買下這個奴隸。」

Chapter 7
奴隸賽婭

「咦？」所有人，包括捕奴隊及賽婭本人，都因沈夜的要求驚訝不已。

這個少年明明才被奴隸女孩傷得那麼慘，竟然還想要把人買下來？

他難道不怕女孩再次攻擊嗎？

看到自己瞬間成爲眾人焦點，沈夜嘴角泛起一抹苦笑。他帶著兩名小皇子，原本應該低調再低調才對，可是賽婭的事情實在太重要了，如果可以，他想要救這個小女孩，並嘗試爲阿爾文他們拉攏伊凡這名絕世的刺客！

即使無法讓伊凡成爲同伴，至少也不要與他成爲生死大敵啊！

捕奴隊首領聞言，饒富趣味地挑了挑眉：「這奴隸懂魔法，她的價碼可不低。我原本打算把她帶到奴隸市場拍賣的，現在賣給你也不是不行，一口價，五十枚金幣！」

眾人不禁譁然。一般來說，好一點的奴隸能賣出五枚金幣已算高價，像賽婭這種有特殊才能的女奴，運氣好的話也許能夠賣到二十枚。

因此捕奴隊首領的開價根本是欺負人的天價。畢竟這孩子只是能放出幾道風刃而已，還不是眞正的魔法師。

「可以。」再次出乎眾人預料，面對那明顯不合理的喊價，沈夜竟然一口答允下來！

聽到沈夜的話，捕奴隊首領眼中閃過一絲貪婪，甚至還生出強搶的念頭。不過這個想法才剛浮起，就被他硬生生壓了下去。剛剛在混亂中，他可是看到阿爾文發動了一個魔法用品。能擁有這些東西的人，背景絕不是他一個小小捕奴隊所能得罪得起。

因此捕奴隊首領最終只打算再提提價，反正對有錢人來說，這些金幣根本只是小意思吧。

就在對方看到沈夜爽快的反應後想要反悔、並要求加價之際，沈夜卻一臉不好意思地說道：「不過，出門時我沒有帶那麼多錢在身邊，可以用魔核來抵償嗎？」

說罷，少年便從阿爾文交給他的空間戒指中，取出一枚紅色魔核。

「這是……赤焰鳥的魔核！」首領雙目一亮，他所修煉的正是火系鬥氣，只要吸收這枚魔核，功力便可再進一步！

其實這枚魔核的價格，放在市場上出售絕對不到五十金幣，問題是這次出行，首領在戰鬥間已達到升階門檻，急需一枚火系魔核來穩定修煉。偏偏魔核的屬性又是可遇不可求，現在難得遇上一枚火系的，簡直是天上掉下來的禮物啊！

首領自身要進階的事至今還是個祕密，從未對任何人說過。因此他只覺得自己運氣很好，碰巧沈夜拿出來的是他現階段最需要的東西，不曾懷疑對方此舉是經過計算的。

然而首領不知道的是，沈夜其實早已知曉他無法拒絕這枚魔核。只因沈夜在描寫這個捕奴隊首領時，正好利用這個角色來描寫「魔獸的魔核能夠幫助進階」這個設定。在故事中，即將路過的傑瑞米便是用一枚火系魔獸的魔核來與捕奴隊換取伊凡的命。

果然，首領看見魔核後便再也移不開視線，一副豪爽的樣子揮揮手：「好吧！雖然這枚魔核不值五十枚金幣，就當交你這個朋友吧。這丫頭你們可以帶走了。」

沈夜點點頭，示意阿爾文與路卡退開後，才上前扶起女孩。他沒有忘記賽婭還保留著一擊之力，雖然知道她不是嗜殺之人，可事關兩名孩子的安危，沈夜不介意事事小心一點。

賽婭聽到那名少年要把她買下來時，心裡不禁一陣絕望。她剛剛才把人傷了，跟著對方走會有好事嗎？

看著眼前瑟瑟發抖的小女孩，沈夜心裡某處忍不住心疼起來。一般小孩子在賽婭的年紀，在父母的保護下還只懂得撒嬌玩耍，可是賽婭卻已經歷了黑暗與背叛，努力爲自由與生存苦苦掙扎著。

沈夜忍著背部的疼痛，蹲下來以和善的語氣安撫道：「妳不用害怕，我對妳沒有惡意。有什麼事，等我們先離開這裡再說吧。」

聽到沈夜和善的話語，賽婭這才鼓起勇氣，抬首打量她的新主人。

然而這一眼，便讓她再也移不開視線。

眼前少年年紀不大，有著很特別的黑髮黑瞳，輪廓溫潤、長相清秀而耐看。賽婭的視線隨即便撞進沈夜深邃的眼中。少年的眼眸彷彿星辰點綴，包容了萬物。他的眼神充滿著眞誠的善意，令人不由自主地想要親近。

看到沈夜微笑著向她伸出手，賽婭不由自主把手探了上去。

捕奴隊首領看到沈夜交出魔核後，便要牽著賽婭離去，驚訝地問道：「小兄弟，你不與她訂下主僕契約再離開嗎？這丫頭的魔法等級雖然不高，可是飆起來還是很麻煩的。」

並不只是人與魔獸才能訂立主僕契約，人與人之間也能夠利用這種不平等的契約來進行約束。通常買下奴隸後，主人便會與奴隸訂下主僕契約，以便掌控對方生死，並且杜絕背叛的可能。

首領的話一出，沈夜感覺到牽著的小手頓時變得僵硬。只見少年回首笑道：「謝謝你的提醒。不過我想不用了，這孩子看起來頗乖巧的。」

沈夜從不打算以主僕契約來約束賽婭，一來是不忍心，二來是不敢。他知道伊凡這個妹控一直把賽婭放在心頭上，要是因主僕契約而得罪這位未來的刺客之王，那絕對是欲哭無淚啊！

不只是捕奴隊的人，就連旁觀民眾聞言也是一陣啞然。心想：你沒看見這個丫頭發起飆來，連囚車也弄得四分五裂嗎？那麼凶悍的丫頭你竟然說她乖巧？還有你背部的傷也是她的傑作吧!?

就連賽婭聽到沈夜稱讚她乖巧時，也尷尬得滿臉通紅，恨不得找個洞鑽進去。

聽到沈夜這麼說，首領聳了聳肩便不再理會。他可不是個熱心腸的好人，剛剛也是因爲獲得屢尋不得的魔核，高興之下才出口多提點兩句。

看到眾人的神情，沈夜尷尬地搔搔鼻子，也覺得自己這番話太假了些。

沈夜沒有忘記在小說中，賽婭事件不久，伊凡與傑瑞米便會先後來到這座城鎮，再加上得盡快處理背上的傷勢，因此他不再耽擱，帶著兩名小皇子及新買下來的小侍女快步離去。

就在沈夜他們離開不久，一名男孩尾隨這隊捕奴隊而來，並且在探聽出賽婭的去向後悄悄離開了。

這個男孩正是賽婭的兄長伊凡。現在的伊凡還只是個八歲的小男孩，卻已因爲生活的磨練而有著一雙滄桑的眸子。男孩藍色的眼珠很漂亮，然而仔細看卻猶如化不開的寒冰般，從中看不見絲毫情感波動。與他對視時，讓人不由自主地想要移開視線。

雖然伊凡與賽婭是在同個奴隸市場一起被德斯蒙得買下，但德斯蒙得卻不知道

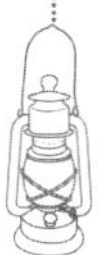

兩人是親兄妹。

自從被德斯蒙得買回去後，賽姬作爲貼身侍女侍奉在德斯蒙得左右，而體能出眾的伊凡則接受刺客的訓練。雖然兄妹二人身在同處，卻與相隔兩地無異。

當得知德斯蒙得控告妹妹偷竊，並把人賣至奴隸市場後，伊凡便打算趁出任務的機會逃走，怎料德斯蒙得派給他的新任務，竟然就是刺殺賽姬！

這讓本就不相信妹妹會偷竊的伊凡，更加肯定賽姬的罪名別有內情。

伊凡得知賽姬的去向後便立即追上去，可惜最終還是慢了一步，買走賽姬的捕奴隊還沒到達奴隸市場，賽姬就已被捕奴隊轉賣給別人了。

聽著路人的描述，買走賽姬的黑髮少年不久前還曾被賽姬的魔法誤傷。這麼想來，對方把人買走是爲了報仇的心態可謂昭然若揭。

藍寶石般的眸子閃過一絲冷光，伊凡在心裡發誓，要是那個買走賽姬的人膽敢對她做出不好的事，他拚了性命也不會讓對方好過！

一想到這裡，問過那名黑髮青年去向的男孩，便順著路人指示的方向追上去。

卻不知道自己這麼一走，不只錯過了原本將效忠的人，還爲自身的命運開創了一條全然不同的道路。

□

沈夜並不知道在這麼短的時間裡，自己已經被伊凡盯上，甚至還被視爲欺壓賽婭的壞人，隨時準備要取其性命的目標。

雖然賽婭是他真金白銀買回來的奴隸，可是那麼小的孩子，沈夜也不知道該委派什麼工作給她才好。

不是沒想過就這樣放賽婭離開。然而一個沒錢沒背景的小女孩，根本無法獨自謀生，沈夜實在不放心就這麼放任一個孩子流落街頭。

想著債多人不愁，照顧兩個孩子與照顧三個差別也不大，因此沈夜最終還是讓賽婭留了下來。

賽婭年紀雖小，但自從被德斯蒙得買下後，除了學習魔法知識外，便一直作爲侍女學習侍奉主人，是個勤快而聰明的小姑娘。即使沈夜不好意思壓榨這麼年幼的勞動力，但賽婭還是主動提出想做一些她能力所及的工作。

值得一提的是，賽婭的第一份工作，便是彌補她先前的錯誤——將沈夜背部的木刺挑出來。

賽婭心細手穩，加上心有歉疚，過程中一直放輕動作、小心翼翼地盡量不弄痛對方。當賽婭將木刺都清理乾淨後，沈夜便喝下治療藥劑，背部的皮肉傷瞬間癒合如初。

沈夜之所以選擇把這個療傷的重任交給賽婭，除了因爲女生比較細心，同時也是向賽婭釋放出善意。

賽婭看到沈夜竟然願意把傷勢交給她處理後，便確定對方並未對自己心存芥蒂。仔細回想當時的情形，賽婭發現沈夜把她買下來，其實並不是她所以爲的報復，而是爲了救她的性命。

想通這點，賽婭自然對少年感激不已。難得遇上那麼好的主人，女孩當然想好好把握機會。即使看出沈夜其實並不想使喚她工作，賽婭還是決定要努力表現出最好的一面，想在沈夜心中留下好印象。

於是沈夜的身邊便增加了一個勤快的小助手。

因爲賽婭年紀還小，根本佔不了什麼空間，而且爲了安全起見，四人依舊住在旅館的雙人房內，並沒有特別再爲女孩安排一間房。

對此賽婭一點也不在意，甚至還覺得理所當然。畢竟貼身侍女，自然是侍奉在主人身邊，哪有自己住間房的道理？

多了賽婭這個小助手，沈夜頓時覺得日子過得特別舒服。起床時，會發現床邊鞋子放的位置總是恰到好處；梳洗時，毛巾一定會放在隨手可及的地方；吃東西時，水杯裡的水永遠是滿的……賽婭甚至還可以幫忙照顧小路卡，即使她只比路卡大一歲。

這正是所謂的「窮人孩子早當家嗎」？

女兒果然是貼心的小棉襖啊！

幾天的時間，賽婭便已被沈夜等人所接納。因爲實在沒有誰能夠不喜歡這個勤奮又聰慧的小姑娘。

相較於對很多事情仍懵懂的路卡，年紀稍長的阿爾文很快便發現沈夜對賽婭的看重。

然而這段期間，沈夜卻彷彿忘記賽婭所擁有的魔法天賦。既然重視這個女孩，爲什麼不好好栽培她呢？

阿爾文早已被沈夜教育成有問題便要發問的良好習慣，作爲少數獲得他信任的人，阿爾文也沒有對沈夜有所隱瞞，有疑問便直接詢問。

本著教育小孩子要多以讚賞來引導的原則，沈夜先是摸摸阿爾文的腦袋，讚許道：「能夠從一些細微的地方察覺到我對賽婭的看重，阿爾文眞了不起。你猜得沒錯，我的確認爲這個小女孩是可造之材，對她抱持不小的期望。」

阿爾文問：「既然如此，爲什麼還要讓她做侍女的工作，而不大力栽培？」

沈夜笑著解釋：「那是因爲賽婭是一個奴隸……我沒有看不起她的意思，只是她的出身並不好，如果我們一開始給她太過優越的待遇，反而會令她誤以爲我們別有目的，又或者會讓她變得驕傲自滿。我的確打算栽培她，也不想埋沒她的魔法天賦。可是人類是貪婪的生物，要是一直無條件對她好，或許一開始她會感激，但久而久之，習慣之後便會視爲理所當然。到最後只要稍微虧待她、不再給她好處時，反而會引起對方的仇恨與埋怨。我故鄉那邊有句話，叫『升米恩，斗米仇』，便是這種情況。」

見阿爾文露出若有所思的神情，沈夜拍拍他的肩膀後，便任由他自己仔細思考。心中也做好決定，今晚的睡前小故事便是《農夫與蛇》。好讓這些小孩明白一下，施恩也是門技術啊！

□

離拍賣會的日子愈來愈近，沈夜並沒有因這段時間的安逸而鬆懈下來。既然賽婭在這座城鎮出現，也代表著伊凡，以及現在沈夜最不希望遇上的傑瑞米也將出現在千帆城。因此這幾天沈夜都讓孩子們留在旅館內，獨自外出打探消息。

回到旅館，少年也沒有閒下來，而是在確定好自身安全後，便把一直小心存放著的手機取出來，開始埋首將裡面有用的資訊全部抄錄一份出來。

穿越時放在褲袋裡的手機，是唯一一件他從地球帶來的東西。當時衣服因大火

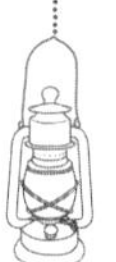

而變得破爛，所以沈夜原本對手機並不抱持期望，想不到它竟然還能使用，實在給少年一個很大的驚喜。

雖然這裡沒有訊號，手機無法連上網路，導致沈夜無法隨心所欲地搜尋想要的資訊。但是幸好因爲工作關係，沈夜的手機中存有大量作爲小說參考題材的資料。尤其是一些穿越文的題材，在這個世界中能夠大派用場的著實不少。

小至生活小知識，大至耕作模式、排水系統等資料，只要是這個世界用得著的資訊，少年都抄寫了一份。

憑著這些知識，沈夜有信心即使不依靠路卡與阿爾文，他也有能力在這裡活得好好的。

果然知識就是財富，古人說的一點也沒錯。

手機的電量並非用之不竭，開關時所耗的電量更多。因此沈夜把手機重新啓動後便不敢再將它關機，一直埋首於抄寫的工作中，通宵達旦地忙碌著。

「沈夜少爺到底在抄寫什麼呢？他已經整晚沒睡了，到現在還在忙碌著。」賽婭很喜歡沈夜這個新主人，看到少年憔悴不堪的樣子，爲此暗自擔憂。

阿爾文皺眉看著沈夜抄寫在紙上的東西，這些四四方方的文字他一個也看不懂，男孩猜測這些文字也許來自於沈夜的故鄉。然而看著看著，阿爾文卻又覺得有種熟悉的感覺，彷彿在什麼地方曾經看過。

「沈夜哥哥昨晚沒有說故事。」總是喜歡纏著沈夜的路卡，悶悶不樂抱怨著。

阿爾文摸了摸路卡的小腦袋，安撫道：「你的沈夜哥哥最近很忙不能陪你，路卡你要乖一點。」

「爲什麼？」路卡立即展現出小孩子的專利——十萬個爲什麼。

「也許是……爲了保護我們吧。」過了好一會兒，阿爾文才沉聲說道。

在阿爾文想來，只有涉及刺殺一事，才能夠令沈夜表現得這麼焦慮。少年昨天早上出去打探情報，回來後便急切地抄寫著什麼。這讓阿爾文很自然地把沈夜的忙碌，與他早上打探情報一事聯想起來。以爲沈夜是聽到什麼消息，爲了他們的安全而努力著。

阿爾文抱起路卡，一臉認眞地說：「路卡，沈夜如此努力地想要保護我們，回到皇城後，我們一定不能忘記他曾經對我們的幫助與照顧，知道嗎？」

不知不覺間，已打從心底認同沈夜的阿爾文，一直盤算著回到皇城後要如何報答少年的恩情。同時阿爾文也很清楚，相較於他這個與皇帝沒有血緣的義子，身爲皇帝的親生兒子、同時也是皇儲的路卡，分量比他重要得多。因此阿爾文藉著這個機會，與自家弟弟達成報答沈夜的共識。

要是讓沈夜知道，自己抄錄手機資料的舉動不光讓阿爾文誤會，男孩還將這事無限美化，把他設想成不求回報、默默守護孩子們的大英雄，少年必定會感慨一句：「孩子，你想太多了！」

路卡還小，並不明白自己與阿爾文之間的身分差距，也不懂得那麼複雜的人情世故。路卡只知道，他很喜歡沈夜這個溫柔親切、會照顧他，還會說有趣故事給他聽的大哥哥。因此聽到阿爾文的話以後，路卡立即露出一個大大的笑容：「嗯，我會對沈夜哥哥好！」

此時的沈夜全副心神都放在抄錄工作上，並不知道兩位小皇子正滿心想著將來怎樣報答自己。少年一直奮鬥到手機電池耗盡爲止，才發現握筆的手已經顫抖不止。然而看著抄寫出的眾多來自地球的寶貴知識，沈夜卻是心滿意足，這些便是他在這個世界存活的本錢了。

知識便是力量。他有信心憑著超越這個時代的知識，教導路卡與阿爾文成為賢明的領導者，並把艾爾頓帝國打造成一個強大富裕的國度！

此刻暗自竊喜的沈夜，卻不知道一場危機，正悄然逼近……

Chapter 8
刺客之王

就在沈夜等人安靜待在旅館、等候布倫丹到達城鎮時，在千帆城的鄰鎮——葛瑞斯鎮，德斯蒙得已得知伊凡失蹤一事。

「什麼？你說伊凡那個小子出任務後沒有回來？你沒弄錯？」德斯蒙得皺起了眉頭再三確認。

德斯蒙得是個很有野心的人，他除了是名實力高強的大魔法師，還是個野心勃勃的政客。外表看起來只是個脾氣很好的慈祥老爺爺，可是暗地裡卻培養了一支暗殺小隊，專門用來刺殺阻撓他的人。

刺客可謂魔法師的剋星。畢竟魔法師再強大，他們的身體也與普通人無異。有時候一些過於依賴魔法的魔法師，體能甚至比普通人還不如。很多時候，近戰便是魔法師的弱點，因此刺客那些防不勝防的偷襲絕對是魔法師的惡夢。實力強大的魔法師，栽在比他們位階還要弱的刺客手中的事，時有所聞。

伊凡是德斯蒙得頗爲看好的一名刺客，雖然年紀小，卻是從屍山火海中存活下來的強者。性格冰冷的他彷彿一具沒有感情的人偶，即使任務目標是毫無反抗之力的老弱婦孺，伊凡也從未手軟過。雖然身手仍稍顯稚嫩，但假以時日必定能成爲獨當一面的出色刺客。

而且這孩子是無親無故的孤兒，德斯蒙得是他唯一的依靠，忠誠度完全不用懷疑，因此德斯蒙得對伊凡可謂寄予厚望。想不到這個簡單的任務，卻讓這株好苗子賠了進去。

向德斯蒙得彙報的男子，正是暗殺小隊的頭領埃姆林。與德斯蒙得無法置信的心情相同，身為一手教導伊凡殺人技巧的埃姆林，也對孩子的失手百思不得其解。

「伊凡是我訓練過的孩子中最出色的一個，實在難以想像只是個刺殺魔法學徒這麼簡單的任務，會以失敗告終。但是經過調查後，目標人物確實仍然健在，而前往暗殺的伊凡則失去行蹤。」

雖然嘴上說著惋惜，但其實埃姆林卻因伊凡的失蹤而暗喜。只因那孩子的天賦實在過於優秀，無論是多困難的技巧，伊凡都能迅速學會，彷彿天生便是為殺人而存在。

埃姆林相信，只要給伊凡足夠的時間成長，男孩一定會到達他無法觸及的高度。屆時，埃姆林的地位將會備受威脅。

爲了現實考量，再加上埃姆林一直嫉妒著伊凡的天賦，因此教導對方時，他總會刻意留一手，並沒有把自己壓箱的本領教給伊凡。表面上，埃姆林以伊凡這個出色的弟子爲榮，心裡卻想著對方在哪場任務中死掉才好。

要不是伊凡因出色的天賦獲得德斯蒙得的注意，埃姆林甚至還想暗下殺手，在伊凡成長以前除掉他。現在對方出了事，埃姆林又怎會不暗自竊喜？

「據我所知，賽婭那個丫頭雖然有點小聰明，但實力並不強，伊凡不可能會失手……等等！」德斯蒙得忽然冒出了一個念頭，覺得心頭狂跳起來：「我記得他們來自同一批奴隸，你去調查他們被賣至奴隸市場前，是否爲舊識？」

埃姆林聞言，立即明白德斯蒙得的意思：「大人，您認爲伊凡故意手下留情？」

德斯蒙得惡狠狠地說道：「不然我眞的想不到憑著伊凡的實力，賽婭那丫頭爲什麼至今仍活得好好的。」

埃姆林的神情變得陰沉，任務是由他下達給伊凡的，如果伊凡眞的與賽婭有著不爲人知的關係，那麼這次的事情，他也得負很大的責任。

德斯蒙得顯然也想到埃姆林的失職，語氣不善地道：「賽婭那個丫頭留著終究是個禍害，你親自去解決掉她。另外查一下伊凡的行蹤，如果他眞的叛逃，立即給我把人抓回來！要是你連這也辦不好，我不介意換另一個刺客頭領。」

埃姆林立即頷首領命，滿心想著該如何處理德斯蒙得的怒火。他早就想剷除伊凡這個潛藏的威脅，現在更是打定主意，無論伊凡是否眞的背叛德斯蒙得，也要拿男孩的人頭來平息德斯蒙得的憤怒。

□

被自家老師肖想項上人頭的伊凡，並不知道他已由狩獵者的角色轉變爲獵物，甚至就連他與賽婭的血緣關係，在德斯蒙得有心追查下，不久後便會曝光。

原本在伊凡的計畫裡，他追上賽婭後便會營造出雙方同歸於盡的假象，從此帶著妹妹遠走高飛。可惜計畫趕不上變化，伊凡想不到在救出妹妹以前，賽婭已被一名少年買下。

起初，伊凡以爲沈夜對賽婭不懷好意，但後來卻發現是他誤會了。沈夜之所以這麼做，是爲了救她的性命。要不是沈夜果斷將賽婭以高價買下來，伊凡趕到時看到的便是女孩的屍體了。

伊凡爲人冷漠得近乎沒有感情，他甚至不在乎自己的性命，唯一被他放在心上的人，只有賽婭這個妹妹。這次沈夜救了賽婭的性命，讓這個冷情的男孩將他的行動記在心上，並決定有機會一定會償還這份恩情。

本來伊凡打算前來帶走賽婭，然而當他趕到時所看見的，卻是正與眾人一起用餐、發出眞心笑容的賽婭。

伊凡已經想不起來到底有多久沒看到妹妹那麼高興了。於是心念一動，伊凡決定讓賽婭暫時留下，自己則躲在暗處觀察。

伊凡發現沈夜對賽婭眞的好得沒話說，雖然賽婭是個侍女，但她的工作卻只是一些很輕鬆的雜活。而且從沈夜讓賽婭與他們同桌吃飯這些種種細節中，可以看出他對賽婭非常尊重，甚至還帶有年長者對小孩子的寵溺。

賽婭在跟隨沈夜的第一個晚上，便已知道阿爾文與路卡是男扮女裝的男孩子；

而藏在暗處觀察沈夜等人的伊凡，也很快發現兩人並不是女孩。

偷聽他們的對話後，伊凡驚悉路卡與阿爾文竟是這個帝國的皇子！

雖然現在他們似乎遇上了麻煩，可是機遇與危險並存，賽婭一直希望能夠成爲魔法師，而她也確實有著優秀的天賦，小小年紀便能感應到魔法元素。可惜學習魔法不光是一件昂貴的事，還要有魔法師願意收她爲徒，金錢與人脈缺一不可。

以前德斯蒙得願意教賽婭魔法，雖然並沒有正式收她爲徒，但以賽婭的出身來說，已經是天大的機運了。如果兩名殿下能夠爲賽婭找到出色的魔法師，收她爲弟子的話……也許留下來爲那個少年服務，也是個不錯的選擇？

伊凡決定找機會與賽婭商量去留的問題，另外他也很想知道，爲什麼一直對賽婭還算和善的德斯蒙得會突然誣害她，甚至派出刺客追殺？

若這次派出的不是他，而是其他刺客，也許賽婭已經……

想到這個可能性，伊凡雙目立即染上狠毒的殺意。藍色的眼眸即使在溫暖的夕陽映照下，也彷如寒冰般無法染上絲毫溫度。

賽婭看到現身的伊凡時，頓時露出驚喜不已的燦爛笑容。然而當伊凡試探地提出要帶走她的打算後，女孩的笑容卻黯淡下來，猶豫了好一會兒，才說道：「哥，不如你跟我一起留在少爺身邊吧！沈夜少爺人很好，他甚至沒有與我立下主僕契約。跟著他，不是比在外面流離失所更好嗎？雖然我知道即便流落在外，哥哥也會好好保護我，但我不希望哥哥再繼續如此辛苦了。」

「留下來也許並不安全。」

聽到伊凡淡漠的話語，賽婭立即緊張起來：「難道是德斯蒙得帶人追來了？」

本來打算與賽婭討論兩名小皇子被追殺一事的伊凡，聞言立即把要說的事情拋開，追問：「賽婭，妳與德斯蒙得之間到底發生什麼事？」

「我並沒有偷主人……應該說，德斯蒙得的東西！我無意間創造出一個新的冥想方法，但德斯蒙得為了獨佔它，便誣賴我偷竊、把我轉賣出去。」賽婭黯然說道。她並不知道德斯蒙得派了刺客來滅她口，光是對方背叛她一事，便足以讓這個單純善良的女孩難過萬分。

伊凡雖然早已猜到此事另有內情，但想不到德斯蒙得竟是這般不堪。伊凡冷聲說道：「德斯蒙得派我出來暗殺妳。」

「什麼!?」賽婭露出難以置信的神情。女孩本以爲德斯蒙得把她轉賣給捕奴隊，已是很殘忍的事情。想不到對方竟還不放過她，暗地裡派出刺客要取她性命！

看著眼前面露驚愕的賽婭，伊凡只覺滿心無奈。心想是因爲年紀還小嗎，妹妹實在太單純，一點也不明白人心的貪婪與污穢。

以前他希望賽婭能夠一直保持天眞無邪，可是在差點失去她以後，伊凡狠下心來，決定好好教導她。他不求賽婭能夠玩弄權謀心術，但至少不要毫無戒心地把自己的一切公開在別人面前，防人之心不可無。

驚訝過後，賽婭又驚又怕地拉著伊凡的衣袖，一臉擔憂地詢問：「哥哥，那你怎麼辦？不殺我，你回去怎麼向德斯蒙得交代？」

賽婭本以爲伊凡是在得知她的遭遇後，前來確認她的安危，想不到他竟是因暗殺她的任務而來。

伊凡摸摸賽婭的頭，雖然男孩臉上依舊冷冰冰的，沒有絲毫笑容，但當他看著賽婭時，那雙冷酷的眼眸卻變得柔和起來：「沒關係，既然如此我不回去就好了。賽婭，妳與那三人相處了一段時間，應該也猜到他們的身分並不簡單吧？」

賽婭點點頭：「嗯，路卡與阿爾文都是男扮女裝的男孩子，另外他們似乎在躲避著什麼人……」

伊凡道：「路卡與阿爾文，艾爾頓帝國的皇子。」

賽婭聞言，整個人愣住了。

什麼什麼什麼!?路卡與阿爾文竟然是皇子殿下？

她竟然有幸與這麼高貴的人物一起生活了這麼久，而且對方還對她一點架子也沒有！

不久前她才剛替路卡換過衣服，突然不想洗手了怎麼辦！

完全不知道看似嚇呆的賽婭，心裡的想法已朝向奇怪的方向發展，伊凡逕自說道：「如果我們能夠獲得兩名殿下的庇護，便不用再怕德斯蒙得了。可是據我觀察，他們似乎也陷入某種危險之中。不光是身邊只有一名隨從跟著，而且明顯在躲避著什麼。」

說到這裡，伊凡更正道：「不……沈夜應該不只是隨從，兩位殿下很尊重他，而且還很聽他的話……總之，我會密切注意各方動向，賽婭妳暫時留在這裡吧！放心，我會保護妳的。」說罷，伊凡摸摸妹妹的小腦袋，一臉認眞地承諾。

賽婭點點頭：「嗯！」

□

沈夜並不知道伊凡已經來到千帆城，而且不但監視他好一陣子，還與賽婭聯絡上。不過以沈夜的個性，即使知道了，他還是按著計畫行事，生活並未因伊凡的出現而有任何改變。

畢竟伊凡成名是很久以後的事情，現在的他只是個天賦不錯的孩子而已。何況沈夜之所以救下賽婭，也並不是想要利用她來招攬伊凡，只是不想與伊凡為敵，以及看不得一個無辜的小女孩被殘忍殺死。

沈夜曾經思考過，小說中的伊凡之所以如此出色，除了因爲他有著不錯的天賦，以及傑瑞米日後的栽培外，主要是因爲最珍視的親人被殺後，生命中只剩復仇的他，豁出了性命拚命訓練與戰鬥，才能夠年紀輕輕便達到別人一輩子也攀登不上的境界。

可是現在賽婭沒死、伊凡也沒有遇上傑瑞米，那麼命運軌跡已被沈夜完全改變的伊凡，還能夠成爲往後那個令人聞風喪膽的「暗夜王者」嗎？

即使小說中的伊凡與阿爾文敵對，沈夜卻一直很喜歡「伊凡」這個角色。想到因自己插手了賽婭的事，也許會毀掉心目中的「伊凡」，這曾讓沈夜對伊凡有著一份歉疚。

但後來沈夜想通了。相較於成爲「暗夜王者」，伊凡應該寧可作爲一個平凡人，並希望妹妹賽婭能夠活下來吧？

至於伊凡會不會因爲賽婭的關係而加入他們，這一點沈夜並不強求。要是伊凡願意效忠他們，沈夜自是欣然接納；要是伊凡想要帶走賽婭，沈夜也不介意賣給他一個人情。

現在，已打探到布倫丹最遲會在明天抵達千帆城的沈夜，思索著將來的去向。手指摩擦著空間戒指上的寶石，裡面存放著他連夜抄錄、大量來自地球的先進知識。沈夜相信憑著這些知識，將來這片大陸上絕對會有他的一席之地！

有關阿爾文與傑瑞米之間的爭鬥，只要不危及性命，沈夜並不打算干預太多。畢竟預知命運的先知先覺是他的保命符，要是因爲他屢屢插手，最終導致眾人的命運軌跡偏移太多，反倒更不利於他保護路卡與阿爾文。

依照現在的情況，只要能夠把兩名小皇子安全送返皇城，那路卡的性命應該是保住了。要是伊凡沒有出現向他討人，說不定還會多了賽婭這個有著優秀魔法天賦的小跟班。

另外，因爲賽婭被沈夜救了回去，伊凡便不會爲求復仇而效忠傑瑞米，兵不刃血地間接減少了一名敵人。想著事情往好的方向發展，沈夜忍不住露出一抹愉悅的笑容。

所有事情想來都很完美，然而沈夜卻低估了自己的影響力。因他而改變的事情，帶來的蝴蝶效應絕對比沈夜以爲的大得多。

一件件看起來只是很小的事情，卻像在平靜湖泊投下一枚枚小石子，泛起的，是令人無法忽視的漣漪。

□

這一晚，沈夜照慣例爲孩子們講述睡前故事。說完故事後，領悟出故事裡所蘊含的寓意，也成爲孩子們每天的必修功課。

自從賽婭來了以後，沈夜並沒有因爲對方的奴隸身分而厚此薄彼。每天晚上的問答時間，女孩也都會加入討論。數天下來，賽婭竟發現自己從這些小故事中明白了不少道理，不只眼界開闊不少，甚至顚覆許多一直以來的信念。

在沈夜有意啓發下，賽婭了解她受到德斯蒙得的逼害，其實本身也要負很大的責任。

是她的無知與天眞，才一次次地給別人傷害自己的機會。

看著賽婭若有所悟的神情，沈夜微不可見地勾起嘴角。自從賽婭來了之後，好幾個故事他都是特意爲賽婭準備的。雖然他也很喜歡賽婭的天眞與善良，但有時過度的天眞會害了別人，也會害到自己。

沈夜不知道賽婭最終會選擇留在他們身邊，還是跟著伊凡離開，但無論如何，他不希望看到自己救回來的小女孩，再次因爲不諳世事而受到傷害。因此他特意爲女孩上這一課，也算是圓了他們兩人間的緣分。

對孩子們說著故事的沈夜，以爲他的聽眾只有路卡、阿爾文與賽婭三個小孩，卻不知道在房間橫梁上，還有一個男孩也認眞聽著他的故事。

伊凡聽著沈夜向三名孩子提問故事的寓意，在孩子答對時予以讚許，說錯時則給予鼓勵，短短數天內，竟把賽婭那善良中過於天眞的性格改變了不少。現在女孩已經開始懂得防備別人，也會有自己的小祕密了。

想不到沈夜只用短短數天，便讓賽婭有所改變，雖然這令伊凡生起微妙的妒意，但更多的是看到妹妹轉變的欣慰。

看著在油燈光芒映照下說著故事的黑髮少年，伊凡還是第一次看到如此奇妙的人。這個名叫沈夜的少年明明弱得很，即使自己手上沒有任何武器，也能夠輕易將他殺死。但這個人卻又很強，他有著奇異的親和力，以及令人敬佩的睿智。

最重要的是，他對賽婭很好。

少年的聲音彷如能洗滌心靈的清泉，黑色雙目如夜空般清澈。談吐有禮顯示出

他受過良好的教育，卻又沒有貴族的虛僞與浮華，氣質溫潤而無害。這樣的人，到底出身自怎樣的環境？

伊凡發現沈夜有很多小習慣與尋常貴族不同，例如每次賽婭拿東西給他，又或者幫忙把茶水斟滿時，沈夜的嘴巴往往蠕動著想要說些什麼，卻又像醒悟到什麼似地，把要說的話嚥回去。

在伊凡仔細觀察下，發現少年無聲想要說的話，竟然是「謝謝」。

這還是伊凡第一次看到因爲奴隸幫了一些小忙而想要出言道謝的人。

不知不覺間，除了任務與賽婭外，伊凡竟開始在意起別的事物，對沈夜這個人產生了興趣。

Chapter 9
逃亡

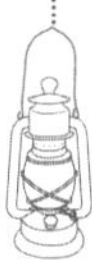

就在伊凡默默注視著眼前溫馨情景時，細不可聞的微弱聲響傳入他的耳內。察覺到可疑聲音的瞬間，伊凡立即心生警戒，朝聲音來源看去。

出於刺客本能的謹慎，伊凡藏身橫梁上的同時，也把身體融進陰影中，將自身氣息降至最低點，有如一塊沒有生氣的石頭。

正因伊凡的謹慎，以至不速之客闖入房間時並未發現他的身影，間接救了自己的性命。

闖進房間的，正是前來取他們兄妹性命的埃姆林！

因爲伊凡早已藏身房內，縱使埃姆林的實力比男孩強，一時之間也察覺不到他的存在。

埃姆林看著房內四人，揚手便是四道奪命的暗鏢。

他有自信只要一招便能將四人殺掉，甚至不會有任何死前的慘叫聲傳出。本來他的計畫應不會出錯，可惜他不知道橫梁上還有一個伊凡！

此時伊凡已無法顧及自己根本不是埃姆林的對手，在男子甩出四道暗鏢的同時，他果斷地從橫梁躍下，迅速打落迎面而來的飛鏢。

「快走！」

沈夜只聽到一陣冰冷嚴肅又帶稚嫩的嗓音，隨即便看到兩道黑影在房間裡纏鬥起來，狹小的雙人房瞬間響起叮叮噹噹的武器撞擊聲。

「哥哥！」雖然不清楚到底發生什麼事，但熟悉伊凡聲音的賽婭立即認出了自家兄長。

沈夜則是完全傻眼，他不知道現在到底上演的是哪一齣。

爲什麼突然有人衝進來殺他們？

爲什麼伊凡會突然跳出來救人？

這個房間原來有那麼多可以藏人的地方嗎？他們到底從哪冒出來的啊!?

雖然實在弄不清楚這間容納四人後，已變得有點擠的雙人房，到底從何處多出位置讓人藏身，但沈夜現在已顧不得那麼多。只見少年毫不猶豫一把抱起路卡，並向阿爾文與賽婭喊道：「發什麼呆呢，快跑！」

賽婭用著快要哭出來的聲音道：「可是……哥哥他……」

沈夜怒氣沖沖地罵道：「賽婭，妳留下來只會拖累他！妳忘記我昨天說的故事

了嗎？」

雖然賽婭是沈夜買回來的奴隸，但少年對她一直和顏悅色，從未說過任何重話，現在竟如此生氣地怒罵她，立刻將賽婭震住了！

聽到沈夜的怒斥，賽婭想起昨夜那則名爲《快樂王子》的睡前故事。

故事主角是個美麗的王子雕像，因爲憐憫窮困的人們，便拜託它唯一的燕子朋友，把自己身上有價值的東西不斷贈予他人。最終雕像因變得平庸而被市長扔進熔爐中，燕子也因爲來不及飛去溫暖的南方過冬而凍死。

那時候沈夜告訴他們，無節制的餽贈並非長遠之計，授人以魚不如授人以漁。幫助別人時要考慮自身的能力，不然不只會害死自己，甚至會傷害自己在乎的人。

那一夜，沈夜給他們的課題是：永遠不要做出超過自身能力所及之事。

回想起故事內容，賽婭頓時明白沈夜的意思。

伊凡與埃姆林的速度太快，賽婭的眼睛根本跟不上，留下來不但無法幫助伊凡，還會讓對方爲了保護她而分心；甚至顧及她的存在，伊凡無法盡情地施展他的能力。

想通這一點，賽婭咬了咬牙，轉身尾隨沈夜他們迅速逃離現場。

看到賽婭總算願意離開，努力牽制著埃姆林的伊凡不由得鬆一口氣。現在的他還不是埃姆林的對手，拖住對方一時三刻還可以，但時間一長，情況只會對他愈來愈不利。

偏偏伊凡爲了保護賽婭無法脫身，現在賽婭等人離去，他總算能全力與埃姆林周旋。

與伊凡對戰的埃姆林，眼中殺意愈發旺盛。想不到他本以爲能夠輕鬆殺死的男孩，竟然能與自己對抗那麼久。

雖然狼狽，但伊凡確實抵擋住了埃姆林一波波的攻擊。

這怎麼可能？他只有八歲啊！

想到這孩子在將來到底會成長爲多麼可怕的敵人，埃姆林心裡閃過一陣寒意，更加堅定殺死伊凡的決心。

那麼恐怖的敵人，絕對不能讓他的羽翼有機會豐滿起來！

趁著埃姆林瞬間分神，伊凡抓準時機，「嗖」地一聲從窗戶逃竄出去。

埃姆林看著作爲任務目標的賽婭與伊凡，一左一右往兩個相反方向逃離，他沒有絲毫猶豫，直接選擇賽婭離開的方向追了上去。

既然伊凡能爲了賽婭背叛德斯蒙得，連自己的性命也可以不顧，那麼只要追上賽婭，還怕伊凡不自投羅網嗎？

千帆城民風純樸，這裡的夜生活並不算多彩多姿，除了幾個酒吧與妓院林立的區域，每當夕陽西下，整座城鎮便會沉寂下來，街道上鮮少出現夜遊的行人。

沈夜爲了三名孩子的教育著想，旅館選在相對清幽的區域，導致四人在街道上奔跑了好一會兒，也沒有碰見半個路人。

不過這或許是件好事，畢竟沈夜並沒有拖累平民的打算。況且，他也不認爲那些武力值不高的普通人，能夠爲他們帶來什麼幫助。

「這樣下去不行！我們去找守城衛兵幫忙！」沈夜不希望連累無辜鎮民，但對衛兵便沒有這方面的顧忌了，保護人民本就是軍人的工作。

沈夜帶著孩子們往城衛軍駐守的地點跑去，在迫切的生命危險前，已經不是隱藏兩名小皇子身分的時候了！

然而帶著三個孩子根本跑不快，沈夜一咬牙，從空間戒指中取出一卷珍貴的防護卷軸，毫不猶豫將其撕破：「你們緊跟在我身邊！」

在撕破魔法卷軸的同時，沈夜不由得慶幸先前閒暇之餘，自己有特意研究過戒指裡存放的物品。

沈夜的決斷救了眾人一命。就在魔法發動瞬間，幾枚暗標從後方射來，卻被魔法護盾阻擋，紛紛掉落地面。

藉著魔法的保護，眾人頭也不回地逃命奔竄。然而不要說腿短的小孩子跑不快，就連沈夜在速度上也絕對跑不過埃姆林，很快便被殺手追上。

在埃姆林鍥而不捨的攻擊下，魔法護盾逐漸變得薄弱。沈夜知道再這樣下去，他們根本無法支撐到目的地。看到旁邊有座大型的閒置農莊，少年目光閃動，向孩子們喊道：「進農莊！」

沈夜逃進農莊時，不忘再次發動一張魔法卷軸。一道大型結界瞬間出現，把埃姆林牢牢困在裡面。

這道結界雖然不具攻擊性，可是囚禁的能力卻是一流。結界鎖定了埃姆林爲目標，足夠爲他們爭取充足的時間。

逃離旅館的伊凡見埃姆林沒有追上自己，便猜到對方是追著賽婭而去。不放心賽婭的伊凡，立即更改路線從後方追上。當伊凡趕到時，正好看到被困在結界內的埃姆林。

伊凡知道唯有殺掉埃姆林，他與賽婭才有活路，因此趁埃姆林專注攻擊結界之際，從黑暗中撲出偷襲。可惜劃向埃姆林脖子的匕首被險險避過，伊凡皺起眉頭立即改變招式，把手中的匕首狠狠刺入對方的肩膀！

不慎中了偷襲的埃姆林怒不可遏，相較於伊凡的突襲，埃姆林更生氣自己的輕敵。要不是他在察覺到伊凡攻擊時及時閃避，現在匕首刺入的地方不是肩膀，而是他的咽喉了。

伊凡得手的同時也洩露出自己的行蹤，埃姆林使出一記強力迴旋踢，把男孩踢飛出去。埃姆林那雙鞋子藏有暗器，出招時會在鞋頭彈出刀刃。雖然埃姆林看不清楚伊凡到底傷得如何，但腿上傳來的觸感卻告訴他，這一招絕對命中目標了。

憑伊凡的身手，這一腳還要不了他的命，但絕對能令他吃不少苦頭。短短數秒的短兵相接，雙方身上都負了傷，血腥味對他們這些受過專業訓練的刺客來說，就像黑夜中的明燈般顯眼。要不是埃姆林受結界所困，讓伊凡有時間逃離，他絕對有信心能殺掉男孩！

當埃姆林總算打破結界時，逃進農莊的伊凡已不見蹤影。憑著伊凡被踢飛時的著地聲，埃姆林找到了男孩跌落地面的位置。那裡只留下些微血跡，負傷的伊凡卻已逃去無蹤。

然而空氣中殘留著的淡淡血腥味，彷彿在路上寫下明顯的標示，宣告著男孩逃離的方向。

先前因輕敵而吃了悶虧的埃姆林，並未立即追上去，而是先喝下一瓶療傷藥劑。雖然他所擁有的只是最便宜的低階藥劑，但還是迅速讓肩膀的傷勢痊癒大半，只是受傷後左手暫時無法使用了。

即使如此，面對同樣負傷的伊凡，埃姆林還是有著把人殺死的自信。

「這隻小兔崽子，逃得倒快。」

埃姆林咧了咧嘴，心裡生出狩獵的快意。尤其現在追殺的獵物，是個天賦出色、將來成就絕對令他望塵莫及的天才，埃姆林不禁產生一股破壞完美藝術品般的快感。

□

利用結界將埃姆林困住後，沈夜便帶著三名孩子躲進農莊穀倉，並取出一張保存在空間戒指裡極爲珍貴的魔法卷軸。

看到這張魔法卷軸，阿爾文忍不住神色一變，臉上露出不贊同的神情。

沈夜敲了敲男孩的頭：「我知道這是你們的壓箱寶、用來保命的東西，但現在正是使用它的時候。要是命都沒了，再多的好東西留著又怎樣？雖然我是這樣想啦，但這張傳送卷軸畢竟是你們的東西，由你們來決定是否使用吧！」

獲得決定權的阿爾文，生死關頭之際也沒有花太多時間猶豫。看看一臉懵懂的路卡，阿爾文咬牙，拿定主意說道：「你說得對，用吧！」

沈夜也沒有浪費時間，點頭後立即將卷軸撕破，頓時地面出現一個傳送陣。

這張卷軸確實是保命的終極武器，在這個世界裡，魔法師本就是稀有人種，空間系的魔法師則更是萬中無一。

那些尊貴的空間魔法師們，有沒有能力製造卷軸是一回事，想不想做又是另一回事，因此空間卷軸已稀有到不能用金錢來衡量。獲得這些卷軸，無疑等同多了一條性命，誰都不會捨得把它拿去換錢。也難怪阿爾文看到沈夜想要使用這張卷軸時，第一時間便想阻止了。

卷軸啓動的傳送陣雖然無法傳送太遠的距離，但讓眾人轉移至城主住所還是可以的。

雖然沈夜有點擔心傑瑞米的觸手是否已伸至千帆城，但現在也顧不得那麼多了。少年打算利用這個魔法陣轉移至城主家尋求救援，至於伊凡會不會追上來……只求他能支撐到他們把救兵找來吧！

然而理想很豐滿，現實卻很骨感。發動卷軸後，沈夜才發現傳送陣有人數限制，傳送人數只能有三人！

也就是說，他們之中有一人必須留下。

如果是剛與賽婭相遇的時候，沈夜一定毫不猶豫把女孩踢除。然而經過一段時間的相處，沈夜已無法這麼輕易捨棄她了。更何況除了感情因素外，賽婭只是個年僅六歲的小女孩，與一個小孩爭位子實在是人渣呀。

看著沈夜陰晴不定的臉，賽婭知道少年接下來所說的話，將決定她的命運。她現在很害怕。雖然賽婭比一般同齡的孩子聰慧懂事，但畢竟只有六歲，在地球還只是剛上小學的年紀。

賽婭很想跟著大家一起被傳送到安全的地方，很想哭喊著要求沈夜不要丟下她。然而從懂事起，賽婭便被德斯蒙得買下，被灌輸一切以主人利益為優先的思想，令她無法做出任何傷害主人的言行。

從小，別人便教導賽婭，身為奴隸便是主人的私有物。在德斯蒙得有危險時，為主人犧牲是奴隸的榮幸！

即使如此，讓一個只有六歲的孩子主動放棄生存的權利，實在太過為難她。

因此賽婭雖然忍著恐懼，沒有請求沈夜把名額讓給她，卻也未有主動要求主人留下她的勇氣。

「賽婭……」

女孩貓兒般大大的眼眸，眨也不眨地看著將對她下達判決的人。

能不能不要把我留下來？

我會乖、會聽話。

我害怕……

此刻心裡很亂的沈夜，並未注意到女孩眼中的絕望，逕自接著說道：「妳與路卡他們走，我留下來。」

不只賽婭，就連路卡與阿爾文聞言也愣住。

沈夜的話才剛說罷，阿爾文立即怒吼道：「我反對！你知不知道你在說什麼!?現在是你逞英雄的時候嗎？」

路卡則是嘩地一聲哭了出來，衝上前抱著沈夜的腿哭喊：「不要！沈夜哥哥與我們一起走！」

兩名皇子的聲音讓賽婭回過神，女孩很害怕、很想離開這個危險的地方，可是

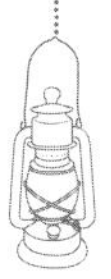

聽到沈夜說願意把離開的名額讓給她時，賽婭忽然覺得要是他們眞的丟下她，也不是那麼難以接受了。

沈夜摸摸路卡的小腦袋，以前所未有的嚴肅表情向阿爾文交代：「我不是在逞英雄。我剛到這個國家不久，與這裡的人無怨無仇。所以這次出現的殺手，不是來刺殺你們，便是爲了追殺賽婭而來……所有人之中，只有我比較安全，所以我選擇留下來。阿爾文，好好照顧路卡與賽婭，盡快去找人來救我，做得到嗎？我們別再浪費時間了！」

沈夜那雙如黑曜石般深邃的眼眸中滿是堅定，阿爾文知道再爭執下去，對方也不會改變主意。只見男孩抿起嘴，露出很不情願的神情，卻還是聽話地硬將哭喊著不肯放手的路卡拉進傳送陣裡。

賽婭不知所措地喊著：「主人……」

「我不是說過，要喚我作『少爺』嗎？」沈夜露出無奈的笑容，雙手抱起小女孩，把她放進傳送陣中。

賽婭在傳送離開的瞬間，聽到沈夜嘆息著說道：「其實我比較想讓賽婭妳跟路卡他們一起喚我作『哥哥』，不過妳這死心眼的孩子應該不願意吧……」

□

伊凡捱了埃姆林一擊，肚子被對方鞋尖彈出的刀刃劃傷。要不是男孩反應迅速，在刀刃劃過來的瞬間弓起身體迴避，只怕已是肚破腸流。

雖然伊凡立即反應，但肚子還是被劃出一道傷口。傷口不算很深，卻也是火辣辣地痛。隨之而來的血腥味，以及動作因痛楚而變得遲緩，更是讓男孩心頭一沉。

伊凡著地後迅速逃離現場，即使負傷後勝算變低，卻未因此輕易放棄希望。

更何況，引導埃姆林追殺自己，爲賽婭多拖延一些時間也是好的。

如此盤算著的伊凡，往農莊裡逃跑的步伐又快上了幾分。

伊凡並不知道沈夜持有傳送卷軸，因此男孩對於沈夜帶著孩子們逃往農莊的舉動百思不得其解，心想他們那樣做，不是死路一條嗎？

即使再不解，事情涉及賽婭，伊凡也只得硬著頭皮前進。

進入農莊後，伊凡並沒有特意尋找賽婭。想不到進入穀倉時還是遇上了她，這或許是血緣兄妹之間的心有靈犀吧。

想著要留下一些痕跡將埃姆林引離穀倉的伊凡，原本只打算看過賽婭一眼後便離開。然而這一看，竟讓伊凡看到意料之外的景象。

竟然有傳送陣！

伊凡的雙目立即亮了起來。

他實在小看了皇帝對路卡與阿爾文這兩名皇子的重視，想不到這麼珍貴的東西，竟捨得交給他們作爲保命之用！

只要賽婭能利用這個傳送陣離開，伊凡便不須留下來與埃姆林糾纏。雖然受了傷，但伊凡對自己能夠逃離對方的追捕，還是有著一定的自信。

偏偏在男孩燃起希望之際，現實的殘酷卻再次令他墜落深淵。

傳送陣有人數的限制，只能傳送三人離開！

所有人之中，只有賽婭是奴隸。奴隸身爲主人的所有物，伊凡並不認爲她的主人會把生存機會讓給她，哪怕沈夜對她再和善也一樣。

藏身暗處的伊凡，手中的匕首已鎖定著猶豫不決的沈夜。在沈夜做出捨棄賽婭的決定時，伊凡便會用這把匕首結束對方的性命，爲賽婭空出一個位置。

即使沈夜對賽婭不錯，即使伊凡對這個神祕少年萌生些許好奇、甚至還有一絲好感，但賽婭與沈夜的性命放在天秤上取捨時，伊凡還是以妹妹的安危爲優先。

反正是沈夜捨棄賽婭在先，伊凡覺得只要沈夜說出了決定，那他爲了妹妹的生存而出手便變得理所當然。

猶豫不決的沈夜並不知道，他接下來所說的話不光是判決了賽婭的命運，同時也是對他自己的判決。

當他說出讓賽婭與兩名皇子一同離開的決定時，沈夜不知道除了在場的三人，還有一名躲藏於暗處的小男孩心裡充滿震驚。

伊凡無法置信地睜大雙目，震驚地看著沈夜將生存機會讓給了賽婭。男孩猛然移開瞄準少年背後的匕首，突然覺得用武器指向此人的自己，是如此卑鄙、污穢。

伊凡看著沈夜把賽婭抱進傳送陣裡，看著少年單獨留下，看著在路卡等人被傳送離開後，沈夜臉上露出一直壓抑著的憂慮與惶然。

原來這個人也是害怕的……

沈夜脆弱的表情觸動到伊凡內心某處柔軟的地方，男孩心想，要是這次能夠活下來，也許過了很多年後，他仍然會記得打動自己心靈的這一瞬間。

隨即，伊凡更是對沈夜下一步的行動充滿興趣。即使他的性格再冰冷，但終究只是個八歲的孩子，也有著好奇的小孩心性。因此伊凡繼續待在原地，饒有趣味地觀察沈夜的一舉一動。

身邊沒有了旁人，沈夜不用爲了安撫別人而特意假裝鎭定。少年一臉無措地咬了咬唇，在倉庫裡東張西望後，便鑽進牧草堆中躲起來。

「……」伊凡看得嘴角一抽，他很想告訴沈夜，這種容易藏人的地點絕對會是埃姆林首先尋找的地方。

對擅於藏匿的刺客來說，眞正優秀的躲藏點是一些看起來根本躲不了人的地方，而且視野要開闊，最好能同時觀察到追蹤者的動向。最重要的一點，是可以隨時安全撤離。

沈夜選擇的地點，絕對是個不及格的例子。躲在牧草中只要稍微一動，便會讓牧草立即沙沙作響，這一點無疑非常致命。爲了不引起追蹤者的注意，沈夜便只能躲在草堆裡動也不動，變相封死自己的退路，被人找出來也只是時間問題。

Chapter 10
失落神殿

由於沈夜把離開的名額給了自家妹妹，伊凡不禁對沈夜的安危生出一份責任感，實在無法忽視對方這種找死的行爲。

沈夜並不知道，自己千挑萬選、自以爲很安全的藏匿點，在伊凡眼中卻是個蠢到不行的「自殺聖地」。

鑽進牧草堆中藏好後，沈夜才剛剛生起一點安全感，便感覺到有人靠近！

這是一種難以言喻的感覺，雖然牧草遮掩住少年大部分視線，昏暗的環境也讓他只能看到模糊的輪廓，但沈夜就是覺得有人站在草堆前！

正當他猶豫是否先下手爲強出手攻擊時，一陣冰冷卻帶著稚氣的男孩聲，語帶警告地傳進少年耳內：「你躲的這個位置很不好。」

這是小孩子的嗓音，難道是……伊凡!?

沈夜激動不已，他一直對這個將成爲刺客之王，並被世人喻爲「暗夜王者」的伊凡很有興趣，想不到竟在這種狀況下與他相遇！

忍住差點把男孩名字脫口而出的衝動，沈夜裝作毫不知情地問：「你是誰？是這個農莊的人嗎？這裡很危險，你快找個地方藏起來！」

伊凡並沒有回答沈夜的問題，再次告誡：「不想死的話，就換一個地方。」說罷，便不理會沈夜是否聽進他的勸告，想要轉身離去。然而當伊凡才剛踏出步伐，藏在牧草堆中的沈夜卻已鑽了出來：「等等！你到底……啊！你受傷了!?」

沈夜的視線從男孩腹部傷口移至那張長得與賽婭有些相似的臉孔上。只見伊凡的表情依舊冷冰冰的，看不出絲毫不妥，只有因失血而變得蒼白的臉色訴說著他受傷的事實。

看著毫無防備伸手拉住自己的少年，伊凡冰冷的表情露出動搖的跡象。

你知不知道自己現在正被人追殺啊？那麼輕易相信陌生人眞的沒關係嗎!?

內心如此咆哮著的伊凡，見沈夜毫不猶豫從空間戒指中取出療傷藥劑時，已驚得完全說不出話來。

「這是療傷用的藥劑，雖然無法讓傷口立即恢復，但還是有點幫助的……」沈夜並不知道自己在伊凡心裡已被定義爲「沒戒心」、「爛好人」的聖母形象，還爲自己抵達千帆城後補充了些藥劑的明智之舉而慶幸。

對於沈夜遞來的藥劑，伊凡並沒有假惺惺地拒絕，反倒乾脆地接過並喝下。

很快地，傷口的血便止住，雖然這瓶初級藥劑無法立即讓傷口復元，但對伊凡來說，卻已讓他的活命機會大大提升。

正感受著傷勢恢復程度的伊凡，冷不防地被沈夜一把抱起。

「你做什麼!?」

沈夜訝異地反問：「你不是說這裡不安全嗎？我們快點離開吧！」

「……把我放下來。」

「那怎麼可以！雖然傷口已經沒有大礙，但你剛剛流了那麼多血。」沈夜不贊同地皺起了眉：「明明只是個小孩子，怎麼就這麼倔強呢？」

伊凡已記不清楚上一次被人抱在懷裡是什麼時候的事了。突然再次被人當作小孩子對待，伊凡竟有些不知所措。

「我身上的血腥味會引來敵人，帶著我跑會連累你的。」伊凡故意把自身的弱點告訴沈夜，他不知道自己在試探什麼，也不清楚到底想從沈夜身上獲得什麼答案，但伊凡就是忍不住想要知道沈夜會怎麼做。

聽到伊凡的話後，沈夜並沒有如男孩預期般將對方拋下，反倒脫下外套，並把男孩裹進去，試圖用這種方法阻止血腥味流出：「你說，我們該躲到哪裡才好？」

被沈夜連同外套一起抱在懷內，伊凡整個人愣住了。

好暖和。

好像不只身體，就連心也暖和了起來似的……

「我是賽婭的哥哥伊凡。追殺你們的人叫埃姆林，是個專業刺客。單憑我們無法躲過他的追捕，只有主動攻擊才能有一線生機。」此刻，伊凡心裡已認可沈夜為同伴，因此並不介意向少年透露一些重要資訊。

「原來你是賽婭的哥哥！」聽到伊凡的自我介紹後，沈夜故作驚訝地說：「當時衝進房間、擋住刺客攻擊的人就是你吧？那時候我只能勉強看到兩道影子，眼睛根本跟不上你們的移動速度，更別說去攻擊他了。」

不是沈夜想要退縮或推卸責任，實在是他覺得如果自己衝上去，也只是任人宰割而已。

幸好伊凡這個莫名其妙出現、與他組隊打怪的小隊友並沒有勉強他，還很上道地說：「我從沒指望過你出手。你藏起來就好，我來埋伏他。」

「你可以嗎？不是才剛被那個人打傷？」伊凡再強也是將來的事，現在在他懷裡的只是個軟綿綿的小孩子。

何況沈夜對埃姆林這個名字有印象，這人正是教導伊凡暗殺技巧的師父，本身也是個出色的刺客。沈夜不認為憑現在小伊凡的身手，能夠與對方抗衡。

見伊凡的傷還未痊癒，卻面不改色地說著要埋伏對方，沈夜便覺得有些心疼。這孩子眼中，有著一種已看透生死的淡漠。

聽到沈夜質疑自己的能力，伊凡道：「他的左肩已被我刺中，左手短期內動不了。」

沈夜訝異地看著懷中的小孩，想不到埃姆林也掛彩了……他筆下的「暗夜王者」，即使年紀還這麼小，卻已是個不得了的角色呢！

沈夜突然有種當爸的自豪感。

伊凡的「戰績」帶給沈夜戰勝埃姆林的希望，少年開始絞盡腦汁思考自己能夠幫什麼忙。

「伊凡，你說身上的血腥味會引來敵人，這是真的嗎？」

「對，我們這些受過訓練的刺客對血腥味很敏感，因爲獵物負傷逃走時，我們必須追蹤在後，以確定任務完成。」伊凡雖然不明白沈夜爲什麼要對這個事實再三確認，但還是很合作地回答道。

「既然如此，我們可以好好利用這一點。畢竟你的傷口已不再流血，他應該猜不到你能夠獲得療傷藥劑吧？」沈夜微微一笑，漆黑的眸子在月色下如夜空般深邃，美得令人屏息。

□

就在沈夜與伊凡討論著該如何對付埃姆林時，千帆城的城主家中，此刻正陷入一片慌亂。

就在不久前，三名孩子突然平空出現在城主宅邸，並表示他們是失蹤的兩名小皇子阿爾文與路卡殿下！

當城主接到消息，知道兩位皇子的身分已被確認後，連身上睡衣都來不及更換，便立即趕著晉見兩名小殿下。

城主趕到時，見到兩名男孩的眼神滿是熾熱，心裡盤算著該如何在兩名殿下面前留下好印象。

然而一心想巴結阿爾文兩人的城主，卻在殿下們提出兩個要求時猶豫了。

阿爾文他們要求城主立即派人到城東一座廢棄農莊營救他們的朋友，以及派人通知應該會在這兩天抵達千帆城的布倫丹。無論是哪個要求，對城主來說都是吃力不討好的事啊！

只要把兩名小皇子安穩地送回皇城，便是實實在在的功勞。相反地，要是殿下們在千帆城有什麼閃失，便是城主的責任了。

因此誰還有心思去管什麼等待救援的朋友、去管什麼布倫丹法師呢!?

偏偏兩名殿下年紀雖小，卻十分精明，輕易便看穿城主的敷衍。尤其是較年長的阿爾文，看向城主的眼神銳利無比，隱約有著上位者的氣勢。

結果在阿爾文彷彿能看穿人心的注視下，原本只打算敷衍過去的城主，只得認命地派人執行命令，再也不敢看輕兩名皇子年紀小了。

看著阿爾文條理分明地回述在旅館遇刺一事，年紀較小的路卡與賽婭也冷靜地在旁偶爾補充，在場一眾成年人不禁對這三名孩子刮目相看。心想這些孩子被人追殺時不單沒有嚇得只會哭叫，反而還能在敘述中道出那麼多重要的細節，這三人長大以後必定不得了。

既然對方不是能夠輕易哄騙的小孩子，城主立即見風轉舵，變得熱情無比，想要在皇子殿下面前撈個好印象。偏偏此時，事情卻又有了變故。

路卡殿下竟然要求要跟著一起救人！

縱使城主再想努力討好兩名皇子，對於路卡的要求也不敢應允。即使是身爲皇帝義子的阿爾文，城主也不敢讓他出任何意外，更何況是流著高貴皇室血脈的路卡。

要是路卡有個萬一，城主再多十條命也不夠賠啊！

幸好就在城主頭痛之際，阿爾文發話了：「路卡，別胡鬧！」

「可是、可是……」

「你去了又幫不上忙，大家爲了照顧你，就無法全力去救沈夜，這不是添亂

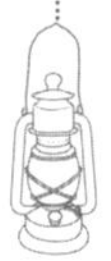

嗎？」阿爾文厲聲罵道。

「路卡殿下還記得少爺說過的『豬隊友』嗎？要是我們跟著去，便會變成連累同伴的豬隊友了。路卡少爺想當豬隊友嗎？」賽婭牽起路卡的手，以柔柔的聲調安撫說道，然而話裡的內容卻讓一旁的城主差點摔倒。

他突然很想見見讓三名孩子念念不忘的沈夜到底是何許人物，竟然能夠創出這麼奇葩的形容。

就在眾人準備出發救人之際，一道魁梧的身影步入城主家大廳。那是個二十多歲的青年，有著一頭棕色短髮，然而這種溫暖色系在這個男人身上，卻彷彿透露著一股鋒芒畢露的銳意。

雖然青年穿著一身休閒服，但給人的感覺卻像披著戰甲剛從戰場歸來的戰士。光是一言不發地站在這裡，便如同一頭剛睡醒的猛獸般令人無法忽視。

這名氣勢不凡的棕髮青年正是皇帝的弟弟，年紀輕輕便已被喻爲「不敗戰神」的傑瑞米親王！

「路卡、阿爾文，很高興看到你們平安無事。」

對於這個與他們關係素來很好的皇叔，阿爾文已不如從前那般對他全無防備。傑瑞米看著他們的目光滿是疼惜與寵溺，然而只要仔細觀察，便會發現他的笑意根本沒有到達眼底。

發現兩名小皇子失去往日對他的崇拜與親暱，傑瑞米皺了皺眉，覺得兩個孩子有些地方改變了。而這種轉變，也許會影響到他往後的計畫。

傑瑞米把視線轉到城主身上，面對這位城主，傑瑞米的態度便沒有那麼客氣了：「為什麼找到了路卡與阿爾文，沒有立即派人通知我？」

雖然傑瑞米一番話詢問得平和，但城主卻覺得自己彷彿被一頭猛虎緊盯，只要一言不合他心意，便會立即被咬穿咽喉：「抱歉，是兩位殿下說不要稟告您……」

「嗯？」傑瑞米有些意外地挑了挑眉，把視線投至阿爾文與路卡身上。

雖然傑瑞米注視兩名皇子的眼神和善，但路卡在對方注視下還是忍不住縮起身子。一旁的阿爾文則是以禮貌卻又生疏無比的語調解釋：「我們本來想立即通知皇叔，可是現在已經那麼晚，而且接下來我們還要忙著救人，所以便未找您了。」

阿爾文一番話雖然合理，可是傑瑞米卻從對方話中感受到那股疏離。他不知道這兩個小兔崽子爲什麼一段時間不見，對他的態度便有如此大的轉變，難道……他們知道這一次刺殺，是他在背後策劃的嗎？

很快傑瑞米便推翻了這個猜測。要是這兩個孩子知道事情是他策劃，便不會是現在這種反應了。他們年紀還小，再懂事也無法掩蓋眼中的恐懼與怨恨。看到兩人眼中只有質疑與疏離，他們應該只是懷疑事情與他有關，卻又不敢確定。

那麼，是什麼讓他們懷疑到自己的身上呢？

難道是，那個兩名小皇子心心念念趕著要去拯救的人？

傑瑞米詢問：「我聽到你們說要去救人，發生了什麼事？」

城主解釋：「我們要去救一名叫沈夜的少年，這段時間都是他在照顧兩位殿下。他們被刺客追殺時，因爲有他引開追兵，所以殿下們才能夠安然回來。」

是他嗎？這段時間照顧兩名皇子的少年，是離間自己與殿下們的原因嗎？

傑瑞米嘴角勾起一抹邪氣的笑容，他對這個破壞自己計畫的沈夜，產生了強烈的興趣。

「既然是路卡與阿爾文的恩人，總不能袖手旁觀，我也一起去吧！」

□

沈夜不知道他的介入引起了傑瑞米的興趣，甚至還自告奮勇地加入救援行列。

不過即使沈夜知道了，現在性命受威脅的他，也沒有心力去理會傑瑞米這個終極大BOSS。

皇帝交給兩名小皇子的魔法卷軸全都是有錢也買不到的高級貨，雖然在逃亡過程中被阿爾文用掉大半，可是剩下來的卷軸無一不是精品。

就以沈夜使出的結界卷軸爲例，雖然不具備任何攻擊力，可是防護效果卻非常好。沈夜沒有把它作爲防衛之用，反而用來困著埃姆林，實在是個神來之筆。

當埃姆林好不容易打破結界時，早已失去了伊凡的蹤影。

然而伊凡身上的血腥味，卻將男孩的逃亡路線清晰地標示出來。

埃姆林沿著血腥味而行，空氣中的血腥味濃度，顯示伊凡所受的傷比埃姆林想像中還深，這對男子來說是個不錯的消息。雖然他的實力比伊凡強得多，可是不知

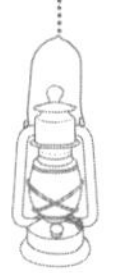

爲何，他卻一直有股不祥的預感。

進入倉庫後，埃姆林很快便鎖定了天花板附近一個暗角位置。只是他並沒有輕率上前，獅子搏兔亦用全力，伊凡是個值得他認眞對待的敵人。

倉庫環境十分昏暗，即使是埃姆林那雙特意鍛鍊過夜視能力的雙眼，在這種只有微弱月光透進來的環境裡，也只能勉強看得到一個人影輪廓。再加上伊凡挑選的位置眞的很好，要不是男孩身上的血腥味出賣了他，埃姆林還眞有可能會忽略掉這個地點。

血腥味會引來敵人一事埃姆林知道，伊凡也同樣清楚。因此伊凡選擇的位置除了十分隱密之外，還是個居高臨下、能無死角攻擊的絕佳位置。只要埃姆林想要擊殺伊凡，他就必須先進入男孩的攻擊範圍內！

對此埃姆林沒有絲毫猶豫，反而充滿狩獵者的激動與興致勃勃。

眞是出色！太出色了！能夠獵殺這麼出色的獵物，看著他在自己手中斷氣的樣子，絕對是人生一大快事！

埃姆林不自覺地伸出舌頭舔了舔乾裂的嘴唇，眼中閃動著瘋狂而興奮的光芒。

他腦中迅速計算著該從哪個位置進攻，並應如何減少即將面對的攻擊。全身而退是不可能了，但能夠殺死伊凡，他不介意受點傷。

他還有些變態地想著，留下的疤痕能作爲殺死如此出色獵物的紀念，甚至是勝利的徽章來回味呢！

當埃姆林選定進攻位置後，毫無猶豫射出了數枚暗鏢，每枚暗鏢不是瞄準伊凡的致命處，便是用來封死他的退路。

當然埃姆林很清楚憑伊凡的身手，這些暗鏢並不足以要了男孩的命，他只打算用來牽制對方、逼得伊凡不得不先自救。

畢竟伊凡選擇的位置太好了，無論是反擊還是逃跑都有著絕佳優勢。現在在暗鏢攻擊下，伊凡只能先擊落暗鏢，而埃姆林要爭取的，便是這短短數秒的時間。

身處半空的埃姆林，接下來的致命攻擊已經蓄勢待發！

然而就在埃姆林把伊凡視爲囊中之物時，異變突生！

只見伊凡撕破手中某樣東西，那些快要擊中他的暗鏢突然不約而同地墜落地面，發出叮叮噹噹的聲響。

是防護卷軸！

伊凡與那個黑髮少年碰面了嗎？那張卷軸是少年交給他的？

埃姆林腦海中瞬間閃過數個念頭，心裡暗呼不妙。暗鏢被擊落，大大打亂了他原本的計畫。現在他身處半空，整個人都暴露在伊凡的攻擊範圍內，想要變招已來不及，形勢極爲不妙。

就在埃姆林防備著伊凡的後招時，身旁的玻璃窗突然爆破，一道人影從左邊窗戶撲出，手握匕首攻向來不及反應的埃姆林！

危急關頭，埃姆林展現出卓越的反射神經，舉起左臂便想要把迎面而來的匕首擋下。然而就在埃姆林欲舉起手臂的瞬間，才驚覺他的左臂因爲先前的傷勢，抬起的速度比平常慢了一拍……

埃姆林想轉換姿勢已經太遲，來者的匕首劃破了他的咽喉，在一片血色中，他看到匕首映著月亮的銀光，照亮突襲者仍帶稚氣的臉龐。

伊凡!?

那個手握匕首、赤裸著上身的男孩，不是伊凡是誰？

埃姆林動了動嘴巴，然而他已連詢問的能力也沒有。男子變得灰暗的雙目大大睜著，充滿疑惑與無法置信。

直至死亡的瞬間，埃姆林仍弄不清楚自己到底是怎麼死的。

看到倒臥在血泊中的埃姆林徹底失去生命氣息，身上披著伊凡血衣的沈夜這才放鬆繃緊的情緒，此時他才發現自己緊張得滿頭冷汗，雙腿更是直打顫，無力站起。過了一會兒，才努力擠出顫抖不已的聲音：「他死了嗎？」

伊凡神情複雜地凝望著躺臥在血泊中、那個教導他殺人技巧的男人。就在沈夜以為男孩不會回答時，伊凡打破了沉默，道：「嗯，我們成功了。」

抬頭望向身處在暗角處、一臉劫後餘生般驚慌的沈夜，伊凡並未因少年害怕的神情而產生輕視，反而對他的聰慧充滿了敬佩。伊凡很清楚，如果沒有沈夜的幫助，他絕對無法這麼輕易地殺死埃姆林。

是沈夜想出披上他的血衣、偽裝成自己來吸引埃姆林的注意；也是沈夜想出利用埃姆林的傷勢在左方進行突襲，讓伊凡成功殺死實力比他高強許多的埃姆林。

要是沒有沈夜作為誘餌，吸引埃姆林的注意，他們這次的計畫也無法進行得這麼順利。能夠殺死埃姆林，沈夜絕對功不可沒。

這次的合作，沈夜與伊凡就像在死神鐮刀上跳舞般，只要其中一個環節出現差錯，等待著他們的，便是粉身碎骨的下場。

然而這兩名才剛見面不久的男生，聯手時卻展現超乎尋常的默契，成功在絕境下開拓出一線生機！

也許因爲沈夜把活命的機會讓給了賽婭，也許因爲沈夜在面對危機時所展現的機智，又或許因爲二人曾共度生死，現在沈夜在伊凡心目中早已不是那個頗爲有趣、在必要時卻能輕易取其性命的少年了。

這個黑髮少年，成爲除了賽婭以外，第二個進入他心房的人。

「伊凡……」沈夜的呼喊聲打斷了男孩的思緒。

伊凡抬頭看著一臉遲疑的沈夜，並投以一個詢問的眼神。

「你可不可以幫我一下？我想下來。」沈夜說罷，忍不住臉上一紅，總覺得要找一個小男孩幫忙，還是個受了傷的小孩子，自己實在太沒用了。

要是他能夠自己下去，他也不想麻煩伊凡啊！可惜他只是個正常人，不是那些沒吊鋼絲也可以飄來飄去的武林高手！

看到沈夜困窘忸怩的模樣，伊凡一雙冷冰冰的眸子不由得泛起一絲笑意。可惜室內光線過於陰暗，讓沈夜錯過這難得的一幕。

最終沈夜還是靠著伊凡的幫忙，從足足有兩層樓高的藏身處安全下來。戰戰兢兢地看了地面的屍體一眼後，沈夜便快速移開視線。

伊凡察覺到沈夜的動作，揚手把少年還給他的血衣丟下，將屍體的臉孔遮住。面對沈夜疑問的視線，伊凡冷冷說道：「衣服髒了。」

「那件衣服的確不能穿了，你先穿我的外套吧！免得著涼了。」沈夜聞言也沒有多想，脫下身上的外套交給伊凡。伊凡猶豫片刻，接受了沈夜的好意。

沈夜的外套穿在伊凡身上，理所當然地不合身。衣襬長至男孩的膝蓋，看起來就像裙子，不僅顯得男孩身材瘦削嬌小，更淡化不少伊凡身上的殺氣與冰冷。

看到伊凡這個小小軟軟的樣子，再想到這孩子身上還帶著傷，本就很喜歡小孩子的沈夜，心裡頓時心疼得一塌糊塗。也不再理會這個小傢伙是個殺人不眨眼的刺客，沈夜上前牽起伊凡的手，問：「傷口還痛不痛？」

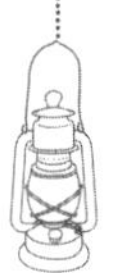

被沈夜牽起手的瞬間，伊凡先是一愣，隨即搖了搖頭。

就在此時，空間突然傳來一陣震動，只一眨眼，沈夜與伊凡已不在農莊的穀倉裡，而是身處一座金碧輝煌的神殿中。

Chapter 11
無法割捨的牽絆

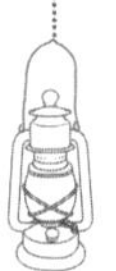

這空蕩蕩的神殿不知已荒廢多久，但眼前無論是氣勢磅礡的裝潢，還是精美的雕塑，仍能讓人想像到這座神殿於全盛時期的輝煌。

「這是……失落神殿？」

大陸上的人民，均信奉著創造世界的創世神。

創世神是整個大陸唯一的信仰，也由於所有國家都信奉著創世神，即使國家滅亡，侵略者再殘暴，也絕不敢破壞戰敗國神殿的一磚一瓦，而是選擇用魔法將整座神殿傳送至空間裂縫中。

傳說這樣做，便能讓戰敗國失去創世神的守護。因此當一個國家滅亡時，將其神殿傳送至空間裂縫，是勝利者必做的一種儀式。至於儀式背後的傳說有多少眞確性，現在已無從考究了。

這些失落神殿偶爾會與大陸連接，沈夜記得小說進行到中段時，阿爾文便因爲進入其中一座失落神殿而避開掉敵人的追殺。

想不到這個設定，現在竟提前讓他們遇上了，這也算是蝴蝶效應的一部分嗎？

幸好失落神殿每過一段時間便會把裡面的人自動轉移出去，因此沈夜倒不擔心離開的問題，甚至對於進入傳說中的失落神殿還覺得滿雀躍的：「我打算逛一下這座神殿，你要一起來嗎？」

「我跟你一起。」伊凡淡然應允沈夜的邀約，心裡卻想著這個少年明明那麼弱，膽子卻是不小。這個失落神殿也不知道會不會有什麼潛伏的危險，自己得要跟著保護他才行。畢竟這個人如果死掉，賽婭一定會十分傷心。而且，自己也不討厭這個人……

牽起伊凡的手的瞬間，沈夜才後知後覺地察覺到自己做了什麼。偷瞄孩子一眼，看到男孩還是癱著一張沒什麼表情的臉，不知道到底有沒有生氣。不過對方既沒有把他的手甩開、也沒有把他的手斬掉，那應該是沒關係……吧？

反正先前抱都抱過了，現在牽手也只算小case啦！何況現在再把手放開，反顯得太刻意。因此沈夜決定硬著頭皮與未來的殺手之王手牽著手，一起探索這座失落神殿。

二人來到主殿，這裡的牆壁全都刻著一些神話故事，雖然大部分已殘缺不全，但仍能勉強辨認出這是創世神創造世界的故事。

看到這些浮雕時，沈夜不禁在心中吐槽：這些氣勢磅礴的神話故事根本是騙人的，你們的世界其實是我用電腦打出來的！

主殿正中央聳立著創世神的雕像。雖然雕像有很多地方已損毀不堪，但沈夜還是能看出這是一名手握卷軸、年紀不大的清秀少年。

「這就是創世神嗎？祂爲什麼抱著這卷軸？」

「這卷軸上記載著這個世界的一切事情，從創世神將世界創造出來，直至這個世界的滅亡。」伊凡奇怪地看了沈夜一眼，納悶沈夜怎會問這種連三歲孩子都知道的事情。

「嗯？卷軸上面還眞的有刻字，製作眞細緻！這該不會眞的記載著創世到毀滅吧？」雕像懷抱的那卷垂至地面的長長卷軸上，刻著密密麻麻的字體。可惜因爲殘破的關係，已經辨認不出這些字到底寫些什麼。

沈夜對此實在很好奇，也有點在意這個有關創世神雕像的設定。這個世界似乎會自行補完小說的漏洞與情節未提及的地方，一切事情都依著小說的設定而延伸。

卷軸上的文字殘跡，讓沈夜有種熟悉的感覺。已經模糊不清的字體看似方方圓圓的，怎樣看都不像這個世界通用的英語。

見沈夜對這些文字如此感興趣，伊凡便出言解釋：「這是神界的文字，傳說是由創世神所創造的文字。每個雕刻創世神雕像的工匠，在刻劃卷軸文字時，腦海裡便會自動浮現神文。然而當雕像完成後，無論工匠怎樣回憶，這些神文都像被人從腦中抹去般不留任何痕跡。最神奇的是，一般人無法直視神文，只要注視的時間一久便會感到暈眩。然而也有些人天生受到創世神寵愛，能夠在無數次觀想中領略神文的意思，從而獲得屬於該文字的力量。這些人大多成爲有名的祭司，就以艾爾頓帝國的希潔爾祭司爲例，她小小年紀便已領略七個神文，是歷史上的第一人。」

聽過伊凡的講解後，沈夜呆看男孩好一會兒，這才感嘆出聲：「原來你還會說那麼長的句子啊……」

縱使伊凡性格再冰冷，此時也忍不住生出想要揍人的衝動。

將話脫口而出後，沈夜也驚覺這番話實在不妥，心裡不禁暗罵自己貧嘴。

難得人家一個冷冰冰的小孩耐著性子爲自己解說那麼多，自己不感謝就算了，還說出這種聽起來像是嘲諷對方的話，這樣實在很打擊小孩子的積極性！

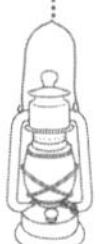

想到有人說過，適當的讚賞對孩子成長有好處，因此沈夜決定亡羊補牢，伸手摸摸伊凡的小腦袋：「謝謝你的解說，幫大忙了。」

「……」再次被沈夜視作小孩子對待的伊凡，呆愣著不知該做出何種反應。

被男孩那難得呆萌的神情，以及手上意外柔軟的觸感所取悅，沈夜忍不住再揉了兩下伊凡的頭，這才依依不捨地收起祿山之爪。

感到頭上的溫暖離去，伊凡抬頭，視線便撞進沈夜那雙帶著笑意的眸子裡。

伊凡突然很想爲眼前的少年做什麼，想起沈夜對神文的好奇心，男孩心裡靈光一閃，問：「你要去雕像上面看看嗎？」

「咦!?」聽到伊凡突如其來的提議，沈夜訝異地睜大眼睛。

爬上雕像？爲什麼？

難道是要感受一下把創世神踩在腳下的快感嗎!?

沈夜腦海裡不由得浮現伊凡踩著創世神的頭、扠著腰仰天大笑的囂張模樣。而且在想像中，雕像的容貌還很悲愴地變成自己的臉……

也許是沈夜那彷彿看著不懂事屁孩的眼神太過直白，伊凡補充：「雕像上半部保持得比較完整。」

沈夜聞言雙目一亮，想著心動不如行動，便努力地攀爬上雕像。

可惜沈夜的運動神經實在不怎麼樣，加上雕像外表光滑，少年爬沒兩步便又往下滑去，實在是慘不忍睹。

伊凡看不過去，抓住沈夜稍一發力，便把少年提上雕像的手臂位置。

見伊凡沒有把他帶到雕像頭上，沈夜稍稍鬆一口氣。雖說那個什麼創世神也是他筆下的產物，可是站在人家神像頭頂，沈夜還是會覺得不妥。

開心地向伊凡道謝了聲，沈夜心想多好的一個孩子啊！既懂事、又體貼，而且武力值又高，沈夜幾乎看到男孩的額上寫著一段隱形的廣告：他，你值得擁有！

心裡讚賞著伊凡的體貼，沈夜倒是忘了先前還因爲受小孩子照顧、帶著躍上躍下而覺得沒面子，果然習慣是很可怕的事情啊……

伊凡挑選的落腳點很不錯，正好能清楚看到創世神懷抱的卷軸上半部分的內容。果然這部分的神文保持得比較完整，雖然依舊模糊不清，但至少除了淡淡的輪廓外，某些字詞仍能看到詳細的筆劃。

是的，筆劃。

這些傳說中由創世神所創造、蘊含著各種神奇力量的神文，正是沈夜十分熟悉的母語——中文！

中文這種四四方方的文字很容易辨認，與其他外語在結構上有著明顯的區別。難怪剛剛沈夜看到那些殘缺不全的神文時，會覺得這種文字很熟悉了。

再靠近仔細辨識文字內容，沈夜嚇得說不出話來。

那根本就是自己寫的小說內容！

這算是什麼神轉折？

再想到這些神文所代表的意義……好吧！這的確是把這個世界的起始與結束都包含在內了……

看著這些熟悉的劇情，沈夜露出哭笑不得的神情。一旁的伊凡自然不知道沈夜的感慨，靜立一旁的男孩，心裡突然生出一個荒謬的想法。

沈夜似乎不像只是單純的「瀏覽」，簡直像是在「閱讀」這些神文！

而且沈夜看著神文有段時間了，卻沒有像別人一樣出現暈眩等不舒服的症狀。

伊凡被自己的想法嚇了一跳，卻什麼也沒有說，只是在旁注意著沈夜的一舉一動，慎防少年暈眩時摔下雕像。

只見沈夜吃力地看著卷軸上的神文唸唸有詞，這些字跡大多已模糊不清，少年只能憑著輪廓來猜測。

伊凡見狀，心裡頓時掀起驚濤駭浪。

這到底是什麼狀況？就連被世人喻爲萬年難得一見的天才希潔爾祭司，也只能解讀出七個神文而已。

這個少年，到底是什麼人？

沈夜並不知道自己的表現嚇壞了伊凡，他此刻的心神已完全沉醉在眼前的文字裡。少年伸手想要抹去卷軸上的灰塵，然而就在沈夜手按上卷軸的瞬間，一股混雜光明與黑暗的力量突然從沈夜身上竄出，瞬間沒入卷軸中。隨即卷軸上殘留下來的神文扭曲了起來，就連空間也傳來陣陣震動！

伊凡驚異地看著一連串變化，還未弄清楚發生何事，便看到那股由光影組成的力量再度出現，並把沈夜包圍其中。

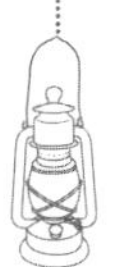

伊凡伸手想將沈夜從這股力量中拉出，然而這股力量卻猛地爆炸開來。

隨著這股力量消失，伊凡伸出的手撲了空，身旁的少年已消失無蹤，只剩下他單獨一人站立在農莊穀倉內。

□

沈夜在轉移前最後看到的，是伊凡伸出手想把他從力量的中心位置拉扯出去。可惜少年來不及抓住伊凡的手，便被爆發的力量轉移至其他空間裡。

此刻沈夜身處一個黑與白的世界，光明與黑暗的兩股力量凝聚成一個太極形態，彷彿在互相對抗，又像正努力融合。

對於這股充滿著矛盾、卻又奇異融洽的力量，沈夜並不陌生。當初在火災時，便是這股力量將自己帶進小說的世界裡。

綜合新舊兩次的經歷，沈夜不得不懷疑他在這股力量的帶動下，是不是離開了小說的世界，再次穿越至其他地方。

難道就要離開了嗎？

不知道路卡與阿爾文，以及賽婭現在怎麼樣？要是回到農莊後找不到我，他們應該會哭吧？

剛才伊凡不顧安危想要救我呢！眞是一個乖巧的孩子。

已經……不能與大家見面了嗎……

想著想著，沈夜不由得消沉起來。

用力拍了拍臉龐，沈夜告訴自己要好好振作。現在還不知道發生什麼事情，要是一直困在這個詭異的空間就糟糕了。

就在沈夜打量身處的奇異空間之際，一道身影不知何時出現在這個除了黑與白，什麼也沒有的空間裡。

那是一名年紀與他相彷的少女。少女長相秀麗、身材嬌小，一頭長髮隨意地高高束成一條馬尾，髮色與沈夜同樣漆黑如墨。

沈夜發現到少女時，忍不住吃了一驚。除了因爲突然冒出一個人，還有這名少女有著讓他倍感親切的特徵——東方人的長相！

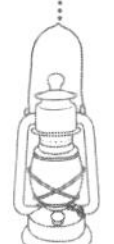

果然，女孩一開口便說著沈夜熟悉的母語，沈夜覺得他快要感動得哭了。雖然少女話中的內容，聽得沈夜火冒三丈。

「嗨！被力量擊中、強制穿越的倒楣鬼你好。」

少女的話一出，即便沈夜爲人溫文有禮，也想要開口罵人了。

不過想到對方是這裡除了他以外唯一的活人，或許還是離開這個鬼空間的關鍵，沈夜壓抑怒氣詢問：「……妳是誰？」

少女聳聳肩：「我是來幫忙收拾殘局的，你的名字？」

「沈夜。」道出自己的名字後，沈夜迫不及待地問：「這到底是怎麼回事？」

「簡單來說，讓你穿越他界的這股力量，是眞神麾下的騎士燃燒自身生命，與闇之神交戰時的力量。因爲力量意外融合而變得有點難處理，所以眞神隨手將它拋了出去……」

「什麼!?」

這是「丟到哪裡我不管，眼不見爲淨就好」的概念嗎？那個「眞神」到底有多任性啊？

「現在戰爭已經結束，那位闖禍的神祇突然良心發現，便指使我來替祂擦屁股啦！」少女說罷，還碎碎唸地說著「眞是麻煩」、「我好想睡午覺」等抱怨，一副超沒幹勁的模樣。

雖然有人幫忙他很高興，可是對方這麼不情不願眞的沒關係嗎？

「等等！妳說世界？那眞的是一個獨立的世界嗎？但它只是我寫的一本小說……」沈夜一臉糾結地詢問。

「爲什麼不呢？『一花一世界，一葉一菩提』，對於那些生存於一杯水中的微生物，那杯水難道不就是它們的整個世界嗎？說不定我們所以爲的現實，其實也是身處在一本小說中呢？」少女笑道。

「總之，爲了彌補這次錯誤，我會負責把你帶回地球。」

沈夜聞言，一時之間只覺百感交集。雖然因爲這次莫名其妙的穿越惹上不少危險，但要不是那股力量將他帶走，說不定他早已被燒死，也不會遇上路卡與阿爾文，與他們一起度過這段驚險又奇異的旅程。

還有乖巧聽話的賽婭、外表冰冷但意外體貼的伊凡……無法看到他們長大成

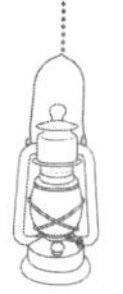

人，實在讓沈夜感到遺憾。

沈夜最不放心的便是阿爾文，別人都說作者是「親媽」，現在沈夜終於明白這種感覺了。只要想到阿爾文將來受到的委屈與悲痛，沈夜便覺得椎心刺骨。

這些痛苦，全都是他加諸在這孩子身上的啊！

雖然這段時間相處中，沈夜一直努力想要改變他的命運。可是畢竟時間尚短，而且路卡與阿爾文的年紀還小，成效有多少還是未知數。

萬一沒有他的干涉……劇情的強大慣性還是會讓路卡死去、阿爾文最終迎來眾叛親離的下場……

不行！一定不可以！

沈夜的眼神瞬間變得堅毅：「我不回去，我要繼續留在小說的世界中。」

沈夜的要求顯然出乎少女的意料，只見少女一臉意外地瞪大黑褐雙目，再三確認道：「你是認眞的？要知道你只有一次機會，再次回去的話，你便無法回地球了。即使將來後悔，我們也不會插手幫忙。你眞的想清楚了嗎？」

沈夜點了點頭：「嗯，其中的風險我已經衡量清楚，我想留下來。」

「那你的家人呢?你就不爲他們著想嗎?」少女一臉不認同。

雖然遭到少女質疑，但對方的反應反倒在重感情的沈夜心中加了不少印象分數。沈夜解釋道：「我是個孤兒。在那個世界……反而有我放不下的羈絆。」

少女搔搔頭，一臉苦惱地說道：「可是我沒想到你會選擇回去，已經把那邊的通道封鎖了。啊，好麻煩，早知道就不要弄那麼快……」

逕自抱怨了好一會兒，最終少女還是應允沈夜的要求：「算了，看在大家是同鄉的份上，我就幫你這個忙吧！」

沈夜敏銳地捕捉到這句話的重點：「同鄉!?」

少女笑道：「我和你同樣來自地球，也同樣因爲那個麻煩的神祇而穿越到其他世界，算是我們有緣吧?」

不待沈夜詢問，少女便舉起手，指間不知何時夾著一片小小的刀片：「現在我會用外力刺激這個空間，到時候你看準時機回去吧!」

說罷，少女握著刀片的手凌空向下一劃，竟劃破了這個空間!

本來層次分明、保持著完美平衡的黑與白瞬間變得渾濁，融合、扭曲，隨即從中撕裂開來。

光芒與黑暗涇渭分明地分成左與右，而在兩股力量中間，出現一個空間黑洞。

「就是現在！」少女話一出，沈夜舉步衝往那道空間黑洞。然而少年才剛踏出第一步，便見少女手一揚，一道水柱倏地射向沈夜，瞬間將沈夜推進黑洞中。

這這這這是魔法!?

被少女粗暴地用水柱踹上半空的沈夜，看到左右兩邊的黑與白嗖地一聲消失。

不知為何，他有種預感，被少女刀片分裂出來的力量又再度竄至別的世界去……

捲入黑洞的沈夜，在轉移前聽到少女笑道：「對了，你的名字叫作沈夜對吧？『夜』是一個好名字呢！」

沈夜還來不及多想，便見漆黑一片的黑洞中出現一道光，他下意識向那道光芒伸出手，隨之而來的是一股迅速墜落的失重感！

□

沈夜著地後第一個感覺便是痛，雖然他不知道自己是從多高的地方摔下來，但少年相信絕對不低，身上應該有不少地方都瘀青了。

閉著眼睛直至暈眩感散去，沈夜張開一雙漆黑美麗的眼眸，打量著四周景色。

此刻沈夜身處的，是一座茂密的森林。少年經由平等契約，感受到與他訂立契約的獅鷲們的波動時，嘴角勾起一抹微笑，露出如釋重負的神情。

「我回來了。」

《夜之賢者01》完

❀後記

大家好！首先感謝大家購買我的新作《夜之賢者》。

這套小說再次邀請了天藍作爲繪師，加上身處幕後的編輯，原班人馬再次集合起來了！

希望新小說能夠獲得大家的喜愛，讓各位感受到閱讀的樂趣。

分別寫了東方古風的《琉璃仙子》，以及現代靈異的《異眼房東的日常生活》後，這一次的故事，是久違的西方魔幻背景。

《夜賢》與《異眼》一樣，都是以男生來當主角。《夜之賢者》的主角沈夜，是個手無搏雞之力的作家。然而當他穿越至自己所寫的小說以後，卻獲得了一個很特別的身分。

沈夜是這個小世界的「創世神」。

身爲現實世界裡的人，沈夜難免會對小說中的世界有種抽離感。然而隨著時間的流逝，沈夜逐漸與小說裡的角色產生感情，並發現他們與自己沒有任何區別，有著各自的喜怒哀樂、都是有血有肉的「人」。

有了這個發現，沈夜再也無法把他們單純視作書中的角色，而是眞正正視他們的存在，把對方放在與自己同等的位置。

於是，沈夜不知不覺便多了兩個「兒子」。

阿爾文與路卡，是傻爸爸沈夜在這個世界的羈絆。爲了改變兒子們的命運，沈夜只得努力收拾自己創造出來的爛攤子，希望爲這本小說寫上「Happy Ending」。

沈夜所做的一些小事情，有時候改變了整個世界。

只是一念之差，一個不同的選擇，有時候所產生的威力卻是超乎想像。

另外，主角與兩個兒子的互動，也是我寫得很開心的地方。在這裡預告一下，下一集，小小的兒子便會長大成人了，敬請大家期待！

寫這篇後記時正值十月，而十月三十一日，是萬聖節的日子！

在香港，萬聖節雖然沒有假期，卻是一個很受歡迎的節日。而我也是很喜歡在這段時間跑出去玩，感受節日氣氛的一員。

我在萬聖節時最喜歡的節目，便是參加海洋公園的「哈囉喂全日祭」囉！

每到十月，海洋公園便會變成妖魔鬼怪的領域。園內的設置，以及工作人員都會換成鬼怪的裝扮，更有多間鬼屋供遊客遊玩。

眞的非常推薦海洋公園的「哈囉喂」，無論是工作人員的化妝扮相、還是場景的設置都很有水準，絕對絕對不會讓大家失望的！（先聲明我與海洋公園是沒有任何利益關係的，哈哈！）

如果大家害怕的話，迪士尼樂園的黑色世界也是一個不錯的選擇。不過迪士尼的鬼怪以可愛爲主，對我來說吸引力很一般，比較適合怕鬼，以及年幼的小孩子前往。

除此之外，別忘了還有酒吧林立的蘭桂坊喔！

每年萬聖節，蘭桂坊都充斥著裝扮成鬼怪的人，其中以外國人居多。要是想到酒吧喝一杯，同時感受一下節日的氣氛，蘭桂坊是一個不錯的好去處。

說著說著，便越發期待萬聖節的來臨了！

今年我會去海洋公園的「哈囉喂全日祭」，大家有興趣的話可到我的臉書「香草遊樂園」，看看分享的照片喔！

那麼，我們下一集再見！

香草

【下集預告】

夜之賢者

Sage of Night 02

放不下的羈絆，沈夜回到了書中世界。
可才只分離片刻，可愛的包子們卻已長大成人？
沈夜不敢與他們相認，
但對方愈發親近的態度是怎麼回事？
難道他的身分暴露了嗎！？

第二集〈重回小說世界〉

2016臺北國際書展 熱烈登場！

香草最新作品

輕懸疑靈異×更多詼諧吐槽

管他是冷酷硬漢健身狂，還是傲嬌無敵高富帥，異眼房東急募見鬼隊隊友！

安然只是個20歲小會計，
父親車禍身亡後，卻意外獲得「超能力」？
只不過，害怕靈異現象的他完全不想要這種
見鬼雷達，爲了有人作伴，
安然決定火速分租房間當房東……

沒想到上門的兄弟組房客根本奇葩等級，
林家二哥孔武有力，職業成謎，令安然直呼
「高手」；林家小弟則是離家出走中的大學
生一枚，屬性絕對是「傲嬌」！

個性迥異的室友三人，來自靈界的驚險挑
戰，精彩有趣、吐槽連連的同居生活，
將擦出什麼熱烈火花！？

異眼房東的日常生活系列（陸續出版）

香草作品集

脫掉裙子、剪去長髮，誰說公主不能大冒險！
心跳100%，詭異夥伴相隨的刺激旅程！

十二歲離開皇宮的俏皮公主，
五年後，遇上了人生的轉捩點！
人家是麻雀變鳳凰，西維亞卻是──「公主」變「傭兵」！！！

一連串恐怖陰謀與噩耗的重擊下，
西維亞公主一肩扛起天上掉下來的任務：「解救皇室危機」
在淚眼矇矓卻有一副好毒舌的侍女「歡送」下，
聚集超級天然呆魔法師、知性腹黑與爽朗隨性的青梅竹馬騎士長，西維亞正式展開以守護國家爲名的嶄新冒險。

傭兵公主系列（全六冊，番外一冊）

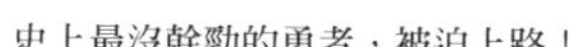

史上最沒幹勁的勇者，被迫上路！

據說每隔數百年，眞神會從我們的世界挑選勇者，
肩負拯救異界的艱難使命。但這次的勇者大人，有點不一樣……

夏思思是個絕對奉行「能坐不站、能躺不坐」的17歲少女。卻被自稱「眞神」的神祕美少年帶到異世界！身爲現役「勇者」，也爲了保住小命，只好心不甘情不願地踏上保護世界的麻煩旅程。

誰知道旅程還未展開，思思便被史上最「純潔」的魔族纏上？帶著一夥實際身分是聖騎士、偏偏又很難搞的夥伴，決定兵分兩路行動的新手勇者夏思思，前途無法預測！

懶散勇者物語系列（全十冊）

撲朔迷離的預言、一分爲二的神力，
史無前例超級尋人任務，黃金單身漢一文二武通通撩落去！

現任神子爲追求女孩兒的幸福，竟與鬼王私奔了，還留下好大一個爛攤子！由史上最年輕丞相與左右將軍組成的神使團，
只好摸摸鼻子、吞下碎唸，扛起尋找下任神子的艱鉅任務！

意外不斷的尋人過程中，神祕少女「琉璃」突然降臨。
她背景成謎，卻武藝、解毒樣樣行，屢屢向神使團伸出援手。
伴隨著危險與希望，吵吵鬧鬧的一行人，將往預言中神子的所在地踏出旅程……

琉璃仙子系列（全四冊）

國家圖書館出版品預行編目資料

夜之賢者／香草著.——初版.——台北市：魔豆文化出版：蓋亞文化發行，2015.11
冊；公分.（fresh；FS096）
ISBN 978-986-5987-76-3（第1冊；平裝）

850.3857 104020802

FS096

夜之賢者 01

作者／香草
插畫／天藍　封面設計／克里斯
出版社／魔豆文化有限公司
地址◎台北市103承德路二段75巷35號1樓
電話◎（02）25585438　傳真◎（02）25585439
部落格◎ gaeabooks.pixnet.net/blog
臉書◎ www.facebook.com/Gaeabooks
電子信箱◎ gaea@gaeabooks.com.tw
投稿信箱◎ editor@gaeabooks.com.tw
郵撥帳號◎ 19769541　戶名：蓋亞文化有限公司
發行／蓋亞文化有限公司
法律顧問／宇達經貿法律事務所
總經銷／聯合發行股份有限公司
地址◎ 新北市新店區寶橋路二三五巷六弄六號二樓
電話◎（02）29178022　傳真◎（02）29156275
港澳地區／一代匯集
地址◎ 九龍旺角塘尾道64號龍駒企業大廈10樓B&D室
電話◎（852）2783-8102　傳真◎（852）2396-0050
初版五刷／2022年12月
定價／新台幣199元
Printed in Taiwan

ISBN／978-986-5987-76-3

FS096

魔豆文化　讀者迴響

感謝您在茫茫書海中選擇了魔豆，您的支持是我們最大的動力。
不要缺席喔，讓我們一起乘著夢想的羽翼，穿越時空遨遊天地！

姓名：　　性別：□男□女　出生日期：　年　月　日
聯絡電話：　　手機：
學歷：□小學□國中□高中□大學□研究所　職業：
E-mail：　　（請正確填寫）
通訊地址：□□□
本書購自：　　縣市　　書店　□網路書店
何處得知本書消息：□逛書店□親友推薦□DM廣告□網路□雜誌報導
是否購買過魔豆其他書籍：□是，書名：　　□否，首次購買
購買本書的動機是：□封面很吸引人□書名取得很讚□喜歡作者□價格便宜□其他
是否參加過魔豆所舉辦的活動： □有，參加過　　場　□無，因為
喜歡出版社製作什麼樣的贈品： □書卡□文具用品□衣服□作者簽名□海報□無所謂□其他：
您對本書的意見： ◎內容／□滿意□尚可□待改進　◎編輯／□滿意□尚可□待改進 ◎封面設計／□滿意□尚可□待改進　◎定價／□滿意□尚可□待改進
推薦好友，讓他們一起分享出版訊息，享有購書優惠 1.姓名：　　e-mail： 2.姓名：　　e-mail：
其他建議：

廣告回信郵資免付
台北郵局登記證
台北廣字第675號

魔豆文化有限公司　收
103台北市承德路二段75巷35號1樓

魔豆

魔豆